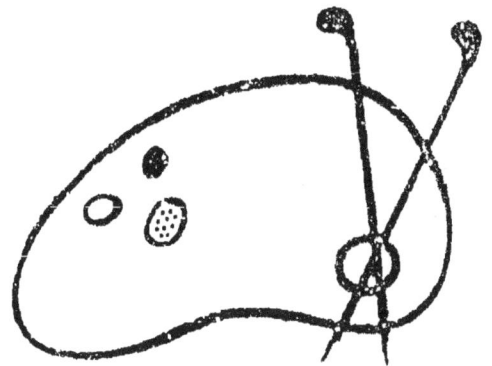

Début d'une série de documents
en couleur

COMPTE RENDU

ÉTUDES ROMANES

DÉDIÉES A

GASTON PARIS

Extrait de la *Romania*, XXII

PARIS
1893

(12)

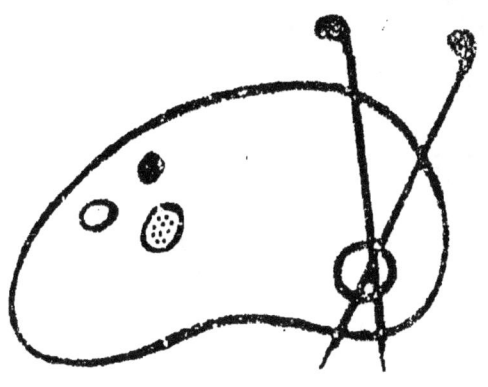

Fin d'une série de documents
en couleur

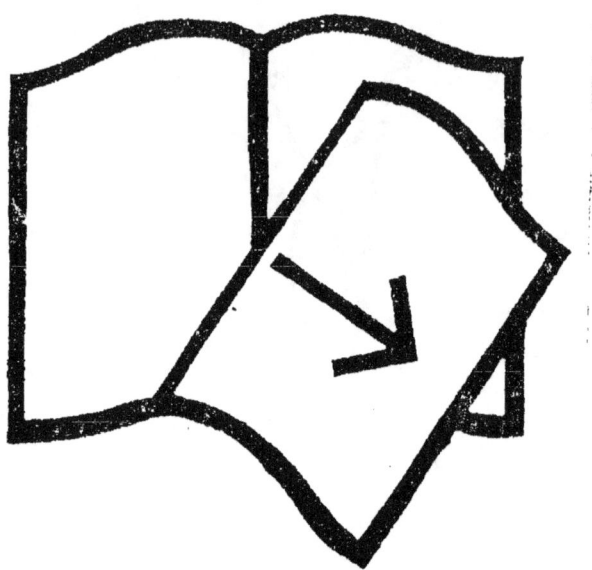

Couverture inférieure manquante

COMPTE RENDU

DES

ÉTUDES ROMANES

DÉDIÉES A

GASTON PARIS

Extrait de la *Romania*, XXII

PARIS

1893

A

MONSIEUR L. DELISLE

COMPTE RENDU

DES

ÉTUDES ROMANES

DÉDIÉES A

GASTON PARIS

Le 9 août 1889, pour la date de mes cinquante ans révolus, les Suédois qui étaient venus, dans ces quinze ou vingt dernières années, compléter à Paris leurs études de philologie romane avaient eu la charmante pensée de m'offrir un volume dont j'ai rendu compte ici (XIX, 118). L'exemple de ces excellents amis scandinaves a piqué au jeu mes amis français, qui n'ont pas voulu être en reste, et se sont ingéniés à trouver une occasion de me témoigner le bon souvenir qu'ils ont gardé de nos rapports plus ou moins anciens. Et ce qui m'a beaucoup touché, c'est que, ce dessein ayant été connu, plusieurs de mes élèves ou auditeurs « étrangers des pays de langue française » ont tenu à s'y associer. On m'a donc offert, le 29 décembre 1890 (pour le 25e anniversaire de mon doctorat ès lettres), un magnifique volume, qui avait été exécuté aux frais et par les soins de quarante-cinq amis plus jeunes que moi, dont trente-huit Français, six Suisses et un Belge ; l'exécution en avait été tout particulièrement soignée par nos excellents imprimeurs de la *Romania*, MM. Protat frères, de Mâcon, que je tiens à remercier encore, ainsi que notre éditeur, M. E. Bouillon, qui n'a rien négligé pour que ce somptueux cadeau répondît aux intentions des donateurs. Parmi eux, dix-sept n'ont pu contribuer à l'œuvre commune que par leur souscription (MM. Barbeau, Bémont, Bonnard, Brunot, Demaison, Duvau, Fagniez, Fécamp, Funck-Brentano, Gerbaux, Giry, Gœlzer, Lelong, Rabiet, S. Reinach, Rolland, Sudre). Je ne leur en suis pas moins profondément reconnaissant, d'autant plus que parmi eux, plus encore que parmi les vingt-huit qui ont apporté au livre des contributions personnelles, plusieurs se trouvent qui m'honorent grandement en se rappelant qu'ils ont jadis suivi tel ou tel de mes cours, mais qui servent aujourd'hui la science dans des voies bien différentes du chemin où ils ont marché un instant avec moi[1]. Quant aux autres, je ne puis mieux les remer-

---

1. Je dois donner un souvenir particulièrement ému à ce jeune homme si laborieux et si doué pour nos études, l'abbé Rabiet, le traducteur de la *Grammaire* de M. Meyer-Lübke, qui, bien peu de mois après la date où ce livre fut achevé, devait terminer sa courte carrière, emporté par une cruelle maladie.

cier qu'en rendant de leurs contributions un compte aussi exact et aussi impartial que possible. Plus d'une, parmi ces contributions mêmes, dépasse les limites où j'ai le droit et le moyen d'exercer une critique utile ; la plupart sont en rapport plus étroit avec mes études habituelles. Quelques-unes sont d'une haute importance ; toutes, je puis le dire bien sincèrement, ont de l'intérêt et de la valeur, et je ne puis qu'être fier et heureux de voir mon nom associé à des travaux aussi divers et aussi remarquables. Rien ne peut être plus doux et plus encourageant pour un travailleur que de constater ainsi que le grain semé par lui n'est pas tombé sur un terrain stérile, ou n'a pas été emporté par le vent, et que souvent il a fructifié au centuple. Je me rappelle qu'il y a maintenant vingt-cinq ans, dans la première leçon publique que je fis, aux cours libres de la rue Gerson fondés par M. Duruy, je disais que le vœu de tout professeur digne de ce nom pour chacun de ses élèves était le vœu d'Hector pour son fils :

Καί ποτέ τις εἴπησι· Πατρὸς δ᾽ ὅγε πολλὸν ἀμείνων.

Ce vœu s'est réalisé pour plus d'un de ceux qui, venus de France ou de l'étranger, ont depuis lors trouvé dans mes cours et mes conférences leur première initiation à la science. En voyant la façon dont ils ont su développer et accroître le germe qui leur avait été confié, je me dis que ma carrière didactique n'a pas été inutile, et cela ne me fait pas seulement plaisir, cela me prouve que j'ai eu raison, contre l'avis de quelques conseillers bien intentionnés, de donner inflexiblement à mon enseignement la direction toute scientifique que je lui ai donnée, le tenant également à l'écart de toute préparation à un examen quelconque et de tout appel à l'intérêt d'un public étranger au travail : cela m'a valu quelques heures difficiles, où j'ai pu craindre de me trouver isolé, et, par suite, d'avoir choisi une mauvaise voie; mais je suis aujourd'hui délivré de mes doutes et largement payé de mes peines. J'ai eu d'ailleurs le bonheur d'appartenir depuis le début (après l'éphémère essai des cours Gerson) à deux établissements dont l'esprit était celui même que je viens d'indiquer, l'École des Hautes Études et le Collège de France. Qu'il me soit permis de dire que l'exemple, fourni par ce livre, du bon résultat d'une pareille méthode doit encourager à la suivre tous ceux qui pourraient se sentir hésitants dans un pays où elle n'est pas encore aussi comprise et aussi répandue qu'ailleurs.

Je ne puis écrire ces remerciments, qu'une pudeur que l'on comprendra m'empêche d'exprimer comme je les sens, à l'adresse de ceux qui m'ont suivi et veulent bien me regarder comme leur premier guide, sans que ma pensée se reporte avec émotion vers ceux qui m'ont précédé, qui ont bien réellement guidé mes premiers pas, et dont les mains affectueuses et exercées m'ont transmis le flambeau auquel sont venues s'allumer d'autres lumières. J'ai eu dans l'étude de la philologie romane deux maîtres que j'ai perdus depuis longtemps, et auxquels revient légitimement l'hommage du témoignage offert à leur élève. Je le dédie à la mémoire toujours chère et toujours vénérée de Paulin Paris et de Frédéric Diez.

P. 1, H. Omont, *Les manuscrits français des rois d'Angleterre au château de Richmond.* — M. Omont publie, d'après un manuscrit de notre Bibliothèque nationale, une liste, dressée en 1535, des manuscrits français, splendidement exécutés pour lui, qu'Édouard IV avait réunis au château de Richmond, et des imprimés, pour la plupart magnifiques incunables, qu'y avait ajoutés Henri VI. Il identifie en note à peu près tous les manuscrits, qui sont aujourd'hui conservés au British Museum, et joint à cette intéressante petite publication un compte détaillé du relieur Pierre Baudouin, qui avait été chargé, en 1480-81, de recouvrir plusieurs de ces volumes de vêtements de velours et de soie.

P. 15, G. Huet, *Remarques sur les rédactions diverses d'une chanson du* XIIIᵉ *siècle.* — C'est le nº 433 de Raynaud, attribué à tort à Gace Brulé, qui y est au contraire cité; M. Huet, qui s'occupe depuis longtemps de l'édition critique, très difficile, des chansons de Gace, donne ici un échantillon de ses recherches préparatoires. Il débrouille le chaos qu'offrent pour cette pièce les trois familles de mss. qui nous l'ont conservée, et rend très vraisemblable la conclusion que la troisième comprend, avec trois strophes de l'original, quatre strophes ajoutées par un auteur qui a voulu compléter un texte dont il n'avait que le début, mais qui n'en a pas bien compris la forme. Réd. I, str. II, peut-être vaut-il mieux sacrifier la grammaire à la rime, et lire *né, grevé, doné* pour *nez*, etc. — V. 6 *ma mie*, imprimer *m'amie*. — VI, 2, p.-ê. *ne lairroie* au lieu de *ne porroie*. — Réd. II, VI, 4 *ait*, corr. *a*; 7 *il*, corr. *el*.

P. 23, J. Bédier, *Le fabliau de Richeut.* Après une fine appréciation littéraire de ce petit poème si précieux et par sa date (1159, comme le rectifie avec raison M. Bédier, et non 1156) et par sa valeur intrinsèque, l'auteur fait valoir la forte objection qu'on peut en tirer contre une opinion que j'ai exprimée, et d'après laquelle le goût et le talent de la peinture des mœurs familières avaient été introduits dans notre littérature, qui ne connaissait que l'épopée austère ou la poésie religieuse, par l'adoption et l'imitation des contes orientaux. Contre cette opinion, il est vrai, il ne faudrait pas alléguer, comme le fait M. B. (p. 30), l'importance excessive donnée « au hasard de traductions occidentales (d'ailleurs postérieures à la plupart des fabliaux) du *Livre de Kalila et Dimna* ou du *Roman des Sept Sages* », car j'ai toujours admis que ces traductions (surtout la première) avaient peu d'importance en la matière, et que la transmission des contes orientaux avait été surtout orale, et, venant en grande partie par Byzance, remontait à une époque très ancienne. Mais le raisonnement de M. Bédier, en ce qui touche la nature même du poème qu'il étudie, est autrement fin et serré. Ce poème, comme l'auteur nous le dit lui-même, n'est nullement le début d'un genre : c'est au contraire une branche, et probablement la plus jeune, de toute une « geste », la geste de Richeut, qui était célèbre dès le milieu du XIIᵉ siècle, comme le type de la fille et surtout de l'entremetteuse (son nom était devenu en ce sens un nom commun), et les aventures de son fils Samson, le type de l'homme qui exploite les femmes, comme elle est celui de la femme qui exploite les hommes, ont été inventées pour faire pendant aux siennes et pour nous présenter la lutte entre la mère et le fils, dont l'état fragmentaire du poème nous a malheureusement dérobé l'issue. (Il est bien caractéristique, disons-le en passant, de voir les types de Nana et de Bel-Ami inaugurer pour ainsi dire la littérature narrative française.) Or, dans la *Richeut* de 1159, et sans doute dans les poèmes antérieurs qui étaient consacrés à ce personnage, il n'y a pas, comme le remarque M. Bédier, de thème de conte proprement dit : les aventures découlent des caractères et n'offrent pas un tout harmonique et logique propre à se transmettre de bouche en bouche. Donc, nos trouveurs n'ont pas eu besoin des contes traditionnels (quelle qu'en soit l'origine) pour peindre avec une observation exacte et malicieuse les mœurs de leurs contemporains. A cela on peut répondre que rien ne prouve que le genre des vrais fableaux n'est pas beaucoup plus ancien que les monuments qui nous en sont parvenus, et que les auteurs de la geste de Richeut n'ont pas eu pour modèles des contes circulant bien avant eux ; l'argument tiré de la forme par M. B. n'est pas bien convaincant. Quoi qu'il en soit, il me sera permis de dire que ce morceau, dans le recueil que j'analyse, est un de ceux qui m'ont fait le plus de plaisir, puisque rien ne saurait être plus agréable à quelqu'un qui essaye de former des débutants à la fois à la méthode et à l'indépendance que de les voir devenus vite assez maîtres de l'une et assez épris de l'autre pour discuter ce qu'on leur enseigne au lieu de l'accepter docilement. M. Bédier prépare un grand ouvrage sur les fableaux (qu'il persiste, par des motifs que je ne comprends pas bien, à appeler *fabliaux*), et il y combattra par des arguments nombreux tout le système « orientaliste » ; j'aurai plaisir alors à raisonner avec lui et à me rendre, s'il y a lieu. — Il a joint à son étude une liste de corrections excellentes au texte de *Richeut*, les unes rectifiant les mauvaises lectures de Méon (MM. de Montaiglon et Raynaud n'ont pas admis *Richeut* dans leur recueil), les autres reposant sur des conjectures. J'ajouterai ici quelques corrections appartenant à la seconde catégorie. V. 6 *maintes*. — 45-6 *Car il fu pris O li, d. et o.* — 49 *riches mandis* (un point après ce vers et pas de ponctuation après 50). — Suppr. les ( ) aux vv. 54-55 et l. *dans Guillaume de Simier* (ou quelque nom pareil) pour *definer*. — 65 *seit*. — 76 *les mors*. — 104 *qu'avenir*. — 145 il faut s. d. *Mandagloiré*, et au v. suivant *o le claré*. — 150 *Et a retraiz sofert et boz*. — 216 *de pute*. — 228 *sozaisselee* (garnie sous l'aisselle). — 230 *O el trova seignor Viel* (*Viel* est un nom propre, Vitalem, et non l'adj. *vieil*; il faut corriger ainsi aux v. 434 (*a V.*), 540, 595, 652. — 233 mettre un point après *donoier*, et 234 impr. : *A! Herselot!* C'est Richeut qui appelle sa *meschine*. — 245 *manti*. — 250-51 *Des que je fis l'autrier ton buen* (*Lasse moi!*) *cline?* — 252 *m'i*. — 262 suppr. *Et*. — 273 *aüssiez*. — 282 *Di moi por quoi*. — 284 *Oïl, amis. Et je l'otroi*. — 287 point après *chiere*. — 294 *enevois*. — 297 point. — 305 *I laisserent*. — 314 *seoir*. — 324 *Asisse l'a*. — 344 *l'aveu*. — 355 *dou vostre*. — Après 360 point et après 361 point d'exclamation. — 374 *qu'el*. — 395 *Qu'ele ne m*. — 400 *p. iceste v*. — 444 *Porte H.*

au m. — 452 *l'aubé.* — 469 *messe.* — 473 *L'uns.* — 475 *po*int, 476 virg., 478?
— 492 *El.* — 507 *jaelice.* — 512 *Tant dist ele.* — 524 *Et do quel que soit.* —
527 *Dont d.* — 529 *Et v. ont et.* — 534-5 *Richeut au preste sova*n*t jure
Qu'il lo resanble.* — 551 *d'arz.* — 567 M. B. propose de lire *N'et a l'escole si
sachant*, mais la rime doit être en *ers*; je ne vois pas le mot à suppléer, *por-
vers* n'irait pas bien. — 571 *l'a.* — 589 *Car mout est fiers* (suppr. *et sages*).—
590 *iers.* — Lacune après 610. — 669 *point.* — 673 *nen.* — 694 *trestors.* —
698 *l'escriture* ou mieux *d'escriture.* — 700 pas de ponctuation.—702 *agret.* —
727 *dame.* — Après 737 lacune. — 748 *Que.* — 754 *corz.* — 775 *A pris.* — 777
del lechois (non *des lechors*). — 779 *lairoit.* — 784 suppr. *ne.* — 787 *O qu'il
veigne.* — 790 suppr. *ne.* — 802 *enjanez.* — 807 *Englotie a mainte cooille.* —
814 *a.* — 850 *adame* (?). — 854 *de ci c'au Toivre.* — 894 *Cleresvax.* — 898 *Fuit.*
— 906 *De Deu servir* (?). — 917 *oprobre.* — 933 *Il.* — 960 *Sansonès.* — 962
maistrie. — 967 *Que ne li face dire tropt.* — 974 *soi nue.* — 1001 *cerchant a
orne* (très clair, voy. Godefroy). — 1009 *citeains.* — 1023-24 *O je vers omes,
O il vers fames, car mout somes.* — 1027 *carroge.* — 1030 *jael.* — 1060 deux
points. — 1067 *point.* — 1071 *de l'uis.* — 1074 *Encontré l'a, mist l'a raison.* —
1082 *nient.* — 1090 virg. après *Sansons.* — 1100 *chascuns d'els.* — 1112 *avrill-
lox.* — 1113 *A mont sor destre.* — 1116 *ce la.* — Lacune après 1118. — 1123
toz fretille. — 1126-7-8 *leue, leue, seue* (le second *leue* est 1 *oca*, mais je ne
comprends pas le premier; p.-ê. corr. *S'il ne s'i jeue?*). — 1135 *Bordele.* — 1136
l'apele. — 1135 *A po de pose.* — 1156 virg. après *corpe.* — 1159 *Sanpres.* —
1163 point. — 1170 *Qui.* — 1171 pas de virg. après *aime.* — 1178 *el.* —
1179 point. — 1180 *Par contenant.* — 1204 *Cil.* — 1207 *envoient.* — Lacune
après 1209. — 1216 *et Dex.* — 1217 *n'est or.* — 1218 point. — 1219 *Que
diz, Sanson?* — 1226 : après *dist.* — 1232 *n'avrai.* — 1235 *sanglot.* — 1236-9
faintié, esplotié, acointié, amistié. — 1233 : après *Richaut.* — 1250 *tressaut.* —
1261 *Pert.* — 1278 *hive* (est-ce l'angl. *hive*, « ruche, » ou faut-il lire *Plus
qu'il ne feïst en une ive?*). — 1288 *l'uis.* — 1292 *Il.* — 1293 : après *Richaut* et à
la fin. — 1296 *Li uns respont : Taisiez, Florie.* — 1305 *Por coi me honissiez,
seignor?* — 1306 : après *uns.* — 1312 *Le dit Richaut, desor ma foi.* — 1313 *Dit.*

P. 33, G. Monod, *Les Annales Laurissenses minores et le monastère de
Lorsch.* — C'est aux historiens à apprécier cette élégante étude, où le caractère du document en question, qui est en réalité la plus ancienne des chro-
niques sorties du mouvement de la renaissance carolingienne, et l'importance
qu'il a eue pour l'historiographie subséquente sont mis en lumière d'une
façon aussi juste que neuve, à ce qu'il me semble.

P. 43, J. Couraye du Parc, *Chants populaires de la Basse-Normandie.* —
Cinq chansons, assez altérées dans leur forme, mais précieuses, notamment
une curieuse variante de la *Chanson des oreillers* (*Romania*, X, 387). M. C. du
Parc accompagne les textes qu'il a recueillis de savantes notes comparatives.

P. 51, G. Raynaud, I. *La mesnie Hellequin*; II. *Le poème perdu du comte
Hernequin*; III. *Quelques mots sur Arlequin.* — Les trois parties dont se com-

pose cette importante étude ont chacune leur intérêt; la seconde est celle qui
offre le plus de nouveauté. M. Raynaud a relevé un vers de la curieuse pièce
du *Siège de Neuville* (*Manuel*, I, § 31), où le poète cite, dans son jargon arté-
sien-flamand, une chanson

Van conte de Bouloigne, van conte Hoillequin ;

et il y a reconnu un Hernequin, comte de Boulogne, qui serait mort en 881
en combattant l'invasion normande que Louis III allait écraser à Saucourt, et
qui serait devenu le héros d'une chanson de geste; ensuite il a supposé qu'une
version quelconque, anglaise peut-être, de cette chanson, avait été connue
par Walter Scott, qui a donné le résumé d'un récit romanesque relatif à un
conte Hellequin : d'après ce récit, Hellequin, rebelle à l'empereur, et l'ayant
longtemps bravé avec sa terrible *mesnie*, aurait été vaincu et tué dans un
grand combat, et « en punition de leurs fautes, le chef et les compagnons
furent condamnés à errer jusqu'au jugement dernier, sans renoncer cependant
à leurs mœurs guerrières et à leurs luttes anciennes ». C'est de ce poème que
serait sorti le nom de *mesnie Hellequin* donné dès le XIe siècle à la noire
chevauchée que, d'après un mythe bien plus ancien et commun à un grand
nombre de peuples, on croyait voir mener les vents furieux et les ouragans et
traverser les airs pendant la nuit; ainsi, peu à peu, cette chevauchée, d'abord
divine, étant conçue comme infernale, *Hellequin* serait devenu synonyme de
diable. Il y a plus d'une difficulté à ce système qui, en tout cas, fait honneur
à la science et à l'ingéniosité de son auteur. Même en regardant comme
assurée l'existence du récit dont Walter Scott donne la substance, mais dont il
n'indique pas la source, on peut croire qu'au lieu d'être l'origine du nom de
mesnie Hellequin, il n'en est qu'une explication faite après coup. Que le héros
de ce récit, brigand et rebelle, objet de l'exécration publique, soit identique
au comte de Boulogne Hernequin, tué en combattant les Normands et en
défendant son roi et sa foi, c'est ce qui paraît assez douteux. Le vers qui a
servi de point de départ à ce rapprochement semble distinguer le *conte
Hoillequin* du *conte de Bouloigne*, et ce second nom peut fort bien se rapporter au roman des *Enfances Godefroi*, où, dans une rédaction remaniée, le
comte Eustace de Boulogne joue un rôle capital. Enfin l'existence même de
ce Hernequin, au IXe siècle, est assez contestable : aucun document contem-
porain, si je ne me trompe, ne le mentionne, et il ne figure que dans une
généalogie des comtes de Boulogne fabriquée au XIIIe siècle (aucun texte ne
parle non plus de la prise de Boulogne par les Normands). Malgré tout, il
reste comme assuré, des recherches de M. Raynaud, l'existence d'une chanson de geste sur le *conte Hoillequin*, et comme vraisemblable le fait que cette
chanson expliquait comme le rapporte Walter Scott le nom de *mesnie
Hellequin*. — La première partie du mémoire réunit de très nombreuses men-
tions de la *mesnie Herlequin* (*Hellequin*, *Arlequin*, *Hennequin*), depuis le XIe
jusqu'au XVIe s., et montre sommairement les transformations qu'en a subies
la conception. — La troisième fait voir comment *Hellequin*, transporté en Italie

comme un nom de diable, y est devenu d'abord l'*Alichino* de Dante, puis, bien probablement, l'*Arlecchino* bergamasque de la *Commedia dell' Arte*, et l'*Arlequin* des XVIIe et XVIIIe siècles, dont le masque noir, originairement surmonté d'un semblant de corne, accuse encore l'origine diabolique. Tout cela est fort curieux, et mériterait d'être exposé par l'auteur avec plus de développement, car il reste encore plus d'un point obscur dans cette évolution qui a fait du terrible meneur du *wüthendes Heer* le souple et gracieux héros de Watteau et de Florian.

P. 69, M. Sepet, *Observations sur le Jeu de la Feuillée d'Adam de la Halle.* — M. Sepet fait finement ressortir le rôle que joue la folie dans l'œuvre étrange et charmante d'Adam de la Halle, et il montre que le *jeu de la foillie* n'est pas seulement, comme on l'avait dit, un divertissement de mai, que c'est essentiellement une *sotie*, et que, comme les soties postérieures, elle a son origine dans les fêtes des fous, d'abord toutes cléricales, puis adoptées par la jeunesse des grandes bourgeoisies, et qui avaient donné l'idée de représenter tous les hommes comme *sots* (on sait que *sot*, en ancien français, est synonyme de *fol*) et toutes leurs actions comme des folies. Cela explique le décousu de la pièce et en explique aussi ou en excuse plusieurs détails, qu'on a pris souvent trop à la lettre (par exemple ce qui concerne le père et la femme du poète). On notera encore, dans cette remarquable étude, la curieuse constatation de l'emploi du mot *pois pilés*, si commun au XVIe siècle et si énigmatique, et la conjecture vraisemblable d'après laquelle les pois pilés étaient mis par une croyance populaire dans un rapport quelconque avec la folie.

P. 83, A. Jeanroy, *Une pièce artésienne du XIIIe siècle.* — On connaît le petit recueil de pièces tout artésiennes (24, dont 9 sont maintenant imprimées) que contient le ms. B. N. fr. 12615. M. Jeanroy songe à le publier en entier, et on ne peut que souhaiter vivement qu'il le fasse, vu la valeur historique et littéraire de ces pièces, qui forment une contribution capitale à ce tableau de la vie communale et littéraire d'Arras au XIIIe siècle qui attend encore son peintre et qui présentera tant d'intéressantes et originales figures. Il est d'autant plus à désirer que M. Jeanroy exécute son projet qu'on voit ici comment il s'y est préparé. La pièce qu'il publie (n° 1357 de Raynaud) se rapporte à ces querelles et à ces troubles encore mal connus qui, vers 1270 (c'est la date que M. J. rend probable), amenèrent l'exil d'un grand nombre des principaux bourgeois et mirent fin à la prospérité de la ville. Elle présente beaucoup de difficultés, non seulement par les allusions dont elle fourmille, mais par le style heurté et obscur, rempli de locutions embarrassantes, qu'elle a en commun avec la plupart des pièces du même groupe. M. J. a résolu un grand nombre de ces difficultés dans le commentaire détaillé dont il a fait suivre le texte. Dans le passage cité p. 91, *vintaine* me semble désigner la taille mise sur les habitants d'Arras plutôt que le nombre de ceux qu'on accusait de l'avoir frauduleusement répartie. — *Vent*, dans son emploi figuré, me paraît signifier « vanité, mensonge » plutôt que « tromperie, fourberie »; c'est originairement un jeu de mots sur *venter* et *vanter*, de même que toutes les plaisanteries sur *blanc*, *Blangi*, etc., remontent à une équivoque avec *blandir*, « flatter, » *blange*, « flatterie, mensonge. » — Au dernier vers de la str. III, où il manque une syllabe, je corrigerais plutôt : *En est sire Audefrois et trop camus*, car dans tous les décasyllabes qui terminent les autres strophes la césure porte sur la 6e syllabe. — Au v. 55, il faut imprimer *pouçon* et peut-être *ponçon*; le sens est : « Il doit (l'officier infidèle) avoir le visage marqué (*la façon ensignie*) d'un poinçon » (ou peut-être, en comprenant *pouçon* comme = *poçon*, d'un petit pot, ce qui pouvait être une marque de flétrissure imposée aux fraudeurs). — La liaison des vers 81-83 m'échappe comme à M. Jeanroy, mais je n'y verrais pas un proverbe à cause du v. 80, où *os* est *auso* et non *audio*; d'ailleurs ce vers doit plutôt se rapporter à ce qui précède qu'à ce qui suit; *megnier* doit être la forme dialectale bien connue de *manducare*.

P. 97, E. Langlois, *Quelques dissertations inédites de Claude Fauchet*. — Ce sont cinq petits chapitres que Fauchet avait l'intention d'ajouter au livre VII de son *Recueil de l'origine de la langue et poésie françoise*, qu'il avait publié en 1581. M. Langlois a bien fait de les tirer du manuscrit du Vatican où il les a trouvés. « Ce ne sont pas tant, dit-il, des dissertations d'un savant que des causeries d'un vieillard aimable, instruit, pas du tout pédant, qui a beaucoup lu et beaucoup voyagé. » Il les a écrites en bonne partie de mémoire, remettant à plus tard le soin de vérifier les détails et de boucher les blancs qu'il laissait. Il y traite quelques-uns des sujets habituels de ses recherches, mais légèrement et sans méthode, semant çà et là des souvenirs personnels. On lit ces quelques pages avec plaisir et sympathie. — Dans le v. cité p. 100, il faut certainement lire *Amours* pour *A moins*. — Je ne comprends pas pourquoi l'éditeur met un (?) après *Estonné* en imprimant la locution bien connue *Estonné comme un fondeur de cloches*. — P. 111, l. 21, n'y aurait-il pas dans le ms. *hapans* au lieu d'*abatans*? — Ib. l. 25, *ou* = *en le* n'est guère admissible chez Fauchet; il faut sans doute *on*. — P. 42, l. 21, il y a une parenthèse ouverte qui ne se clôt pas; il est vrai que le bon Fauchet, s'abandonnant à son bavardage, a laissé en l'air la phrase commencée. — Ib. l. 28, *l'ont*, l. *l'eust*.

P. 113, A. Piaget, *Chronologie des Épîtres sur le Roman de la Rose*. — La question dans laquelle M. Piaget apporte une parfaite clarté avait été obscurcie par l'erreur d'un scribe qui avait lu et copié *vii* au lieu de *vm*, et avait ainsi fait attribuer à 1407 une lettre écrite en 1401. L'auteur d'une récente dissertation sur le célèbre « débat du Roman de la Rose », M. Beck, avait bien rétabli cette date, mais était tombé dans les plus singulières erreurs. M. Piaget connaît à fond tous les détails de l'histoire littéraire du XVe siècle, et il n'a pas eu de peine à rétablir partout la vérité. L'ensemble des pièces de la controverse soutenue en 1401 et 1402 entre Jean de Montreuil,

Christine de Pisan, Gontier Col, Pierre Col et Gerson mériterait d'être réuni ; c'est le premier essai de critique littéraire et morale qui se soit produit en France. M. Piaget nous le donnera peut-être quelque jour, avec le commentaire qu'il est plus que personne en état d'en faire.

P. 121, A. Thomas, *Vivien d'Aliscans et la légende de saint Vidian*. — A Martres-Tolosanes, petite ville de la Haute-Garonne, on célèbre tous les ans une curieuse fête en l'honneur de saint Vidian, patron du lieu : on y voit les Mores et les chrétiens se livrer un combat acharné, après que le curé a lavé l'image du saint dans la « fontaine Saint Vidian », en commémoration de ce que Vidian y lava lui-même ses blessures avant d'y être surpris et égorgé par les Sarrasins. M. Thomas, ayant naturellement reconnu dans ce Vidian le Vivien de notre épopée, qui meurt de ses blessures auprès d'une fontaine (mais dans les Aliscans, fort loin de Martres), s'est inquiété de savoir sur quelle base reposait cette tradition. Il a trouvé d'abord une *Vie de saint Vidian* composée en 1840 par l'abbé Jammes, curé de Martres, puis une plaquette publiée en 1769 (*Les indulgences, la vie et les miracles de saint Vidian*) et enfin un *officium sancti Vidiani* dans le *Proprium sanctorum* du diocèse de Rieux imprimé en 1764. Ces trois textes sont foncièrement identiques (sauf que le latin abrège beaucoup); celui de 1840 ressemble de près à celui de 1769, et tous trois ont une source commune. Quelle était cette source ? M. Th. la juge antérieure de peu à 1764, parce qu'avant cette date on ne trouve nulle part aucune mention du récit en question. Cela me paraît toutefois peu probable. L'abbé Jammes dit : « L'histoire du martyre de saint Vidian, telle, quant aux faits, que nous venons de la rapporter, fut trouvée, par monseigneur Jean-Louis de Berthier, écrite sur trois coffres dorés qui renfermaient les reliques, et qui étaient dans le tombeau de l'oratoire du saint martyr. Elle fut imprimée, avec approbation de monseigneur l'évêque, qui voulut, pour lui donner plus d'autorité, la munir de son seing et du sceau de ses armes. L'histoire de la vie et du martyre de saint Vidian, imprimée par ordre de monseigneur l'évêque de Rieux, Jean-Louis de Berthier, le 23 septembre 1634, doit faire foi aux yeux de ceux qui croient encore aux traditions historiques. » D'après M. Thomas, « l'histoire imprimée par ordre de J.-L. de Berthier n'a jamais existé que dans l'imagination du curé de Martres. » En ce cas, le mot « imagination » serait peu exact : il s'agirait, étant donnés les détails si précis que rapporte l'abbé Jammes, d'un bel et bon mensonge, et j'ai peine à l'attribuer à cet ecclésiastique dont la bonne foi paraît aussi évidente que la crédulité. M. Th. s'appuie sur le procès-verbal de la visite que fit en effet l'évêque de Rieux à l'église de Martres le 24 avril 1634, et qu'il a retrouvé aux archives de Toulouse. Il y est parlé de trois coffres à reliques, qui étaient en fort mauvais état, et « paroissent avoir esté faitz de menuizerie, paints et dorez, avec remarque qu'il y avoit des escrits que le temps avoit consumés ». L'évêque ordonna qu'on feroit trois nouveaux coffres, « et lorsque lesdits coffres seront faits, nous en sera donné advis, mesmes des caractères qui estoient autour desdits coffres qui se pourront lire. » Je ne vois pas comment cela empêche que cinq mois plus tard il ait paru sous les auspices de l'évêque une vie de saint Vidian se donnant comme extraite des inscriptions déchiffrées sur les coffres. Le fait que pendant longtemps cette vie n'est mentionnée nulle part, et qu'elle ne se retrouve pas aujourd'hui, ne prouve pas qu'elle n'ait pas existé. En revanche, le style gauche et barbare du document de 1769 sent bien plus la première moitié du xviie siècle que la seconde du xviiie, et je n'hésite pas à mettre en 1634, sur la foi de l'abbé Jammes, la composition de la légende qui a servi de source à ce document et au *Proprium sanctorum* de 1764.

Cette légende est visiblement empruntée aux *Enfances Vivien*, dont elle reproduit essentiellement le contenu (pour *Aleschans*, voir plus loin). M. Thomas, qui croit la légende composée en 1764 ou environ, se demande qui pouvait alors, dans le diocèse de Rieux, connaître et exploiter ainsi une chanson de geste, et s'en remet à l'avenir du soin de découvrir « ce savan t homme ». Si nous faisons remonter la légende à 1634, une explication se présente naturellement. On sait (voy. *Rom.*, II, 335) que Catel avait vu à Saint-Guilhem du Désert un manuscrit cyclique de la geste de Guillaume, manuscrit qui est aujourd'hui le n° 774 du fonds français de la Bibl. Nationale. Dans son *Histoire des comtes de Tolose*, publiée en 1623, il dit qu'il a « rencontré » ce livre « dans les Archifs du monastere Sainct Guillaume le desert » ; mais dans les *Mémoires de l'histoire du Languedoc*, publiés en 1633 par ses héritiers (il était mort au mois d'octobre 1626), il dit de ce même manuscrit : « J'ay un ancien Roman, escrit à la main, etc. » Il semble donc bien que le savant conseiller au parlement de Toulouse avait, d'une manière quelconque, acquis ce précieux volume [1]. Il dut rester entre les mains de sa famille jusqu'au moment où il fut acheté par quelqu'un des émissaires de Colbert, de la bibliothèque duquel il a, comme on sait, passé dans celle du roi. C'est sans doute à Toulouse que le consulta l'auteur de la légende de 1634. Le ms. contient en effet, quoique Catel n'en dise rien (voy. *Rom.*, l. c.), les *Enfances Vivien*, mais incomplètes du commencement, ce qui expliquerait fort bien, si c'est d'après ce ms. que l'auteur de la légende a travaillé, qu'il s'exprime d'une manière si vague sur la façon dont le père de Vivien avait été fait prisonnier par les Sarrasins. La rédaction des *Enfances* à laquelle appartient le ms. de Saint-Guilhem raconte que ce fut à Roncevaux ; il est probable que le rédacteur de 1634 n'aurait pas omis cette circonstance s'il l'avait trouvée en tête du récit ; mais il se contente de dire : « Le Pere étoit duc de la maison de France. Comme il étoit un grand guerrier, il batailla constamment à

---

1. « Par tout le ms. on lit des remarques écrites par une main du xvie ou du xviie siècle qui pourrait bien être celle de Catel ; en outre un certain nombre des passages » cités par Catel « sont dans le ms. marqués d'un trait de même encre que les remarques » (H. Suchier, *Rom.*, II, 336). Voy. fol. 1 *a*, 1 *c*, 23 *a*, 25 *a*, 27 *c*, 27 *a* (deux), 33 *c*, 71 *a*, 93 *d*.

l'encontre des Sarrasins pour la défense de la Foi ; si qu'après avoir triomphé maintes fois de leurs armes, il fut un jour arrêté et prisonnier de guerre. » C'est que le ms. de Catel ne commence qu'au v. 44, où nous voyons le père de Vivien déjà prisonnier à Luiserne, et les Sarrasins lui demandant de leur livrer son fils [1]. Le ms. ayant quitté Toulouse encore au xviie siècle pour être envoyé à Paris, cette hypothèse, si elle est fondée, fortifie évidemment beaucoup l'assertion de l'abbé Jammes sur la composition en 1634 de la vie de saint Vidian.

Quoi qu'il en soit, les inscriptions des coffres étaient sans doute illisibles, et un ingénieux écrivain a composé alors, en bonne partie à l'aide des *Enfances Vivien*, la biographie qu'il prétendit en avoir extraite. Mais est-ce lui qui a eu le premier l'idée de reconnaître Vivien fils de Garin d'Anseūne (dont il a fait Alençon [2]) dans le Vidian qui passait jusque-là pour avoir été martyrisé par les Ariens au ve siècle ? J'en doute fort, et je crois qu'il s'appuyait sur une tradition plus ancienne, mais restée locale et populaire. Le nom de *Vidianus* et celui de *Vivianus* se montrent souvent confondus : la vie latine de saint Honorat appelle *Vezianus* (ce qui est la forme vulgaire de *Vidianus*) le héros des guerres sarrasines [3], et d'autre part M. Thomas cite une charte de 1251 où l'église de Martres est appelée *ecclesia sancti Viviani*. Ce nom même de *Martres*, qui représente sans doute *Martyres* et dut être donné à l'ancienne *Calagurris* à cause des tombeaux de Vidian et de ses compagnons martyrisés avec lui, favorisait le travail de l'imagination. D'ailleurs, de tous les héros de l'épopée narbonnaise, Vezian ou Vivien est le plus incontestablement méridional ; les jongleurs français en ont fait un neveu de Guillaume à une époque récente, et nos poèmes ne sont pas d'accord sur la façon dont il l'était. Ce que Raimon Féraut raconte de lui ne se trouve pas dans les chansons fran-

---

1. Il est vrai qu'un peu plus loin le messager qui vient trouver la mère de Vivien, Huistace (appelée Stace dans la *Vie* de 1769), rappelle brièvement le désastre de Roncevaux (ms. 774, f° 53 c) ; mais le rédacteur de la légende de 1634 avait lu très superficiellement sa source et accompli sa tâche fort négligemment.

2. La *Vie* de 1769 porte la leçon absurde : « Saint Vidian fut natif de la très noble Maison de France, nommée maintenant Alançon. » La *Vie* de 1634 portait sans doute *d'Anseune* pour *de France* ; on s'explique, à la rigueur, l'identification avec *Alançon.*

3. D'après cette légende (et son traducteur Raimon Féraut), Vezian est un noble guerrier de Charlemagne, qui est tué en trahison par le prince sarrasin de la Trape lors du siège d'Arles par Charlemagne (voy. *Rom.*, VIII, 500). Saint Honorat, qui est son ami, lui élève un tombeau dans les Aliscans ; c'est près de ce tombeau (*lo vas Vezian*) que se serait livrée, bien plus tard, après la mort de Charlemagne, une bataille où les chrétiens auraient été vaincus (voy. la *Vida de san Porcari*, de R. Féraut, éd. Sardou, p. 193). Cette indication se trouvait déjà dans la source latine de Féraut, comme l'atteste la version catalane de cette source (B. N. esp. 154, f. 59 a : *foren desbaratats e morts en aquell loc on Vesia era estat morts*). Cette source et Féraut mentionnent d'ailleurs également un duc Vezian parmi les combattants de cette journée désastreuse. Il y a dans tout cela beaucoup de confusion, mais il est clair que le Vezian du Midi et le Vivien du Nord ne sont qu'un seul et même personnage.

çaises, et paraît reposer sur de vagues réminiscences de récits traditionnels (groupés sans doute autour d'un tombeau des Aliscans).

La *fontaine saint Vezian* de Martres pourrait bien conserver une tradition fort ancienne[1], et avoir fourni à des poèmes méridionaux, puis à notre épopée le trait de la fontaine auprès de laquelle meurt Vivien; le fait que la *Vie de saint Vidian* n'a que ce trait en commun avec *Aleschans*[2] et raconte d'ailleurs la mort du héros tout autrement semble indiquer que l'auteur suit ici un récit tout à fait indépendant. Ce sont là des questions très intéressantes que soulève le mémoire de M. Thomas; il voudra sans doute pousser plus loin ses recherches sur un point qui peut se trouver avoir plus d'importance qu'il ne semble pour l'histoire encore si obscure de la formation de l'épopée narbonnaise.

P. 137, D. Grand, *Proclamation d'un héraut en dialecte montpelliérain* (1336). — Ce petit texte, outre son intérêt philologique, n'est pas sans jeter quelque jour, comme le remarque l'éditeur, sur l'état interne de l'université de Montpellier au XIVe siècle.

P. 141, J. Flach, *Le compagnonnage dans les chansons de geste.* — Cette étude très neuve et très intéressante montre quelle mine féconde et encore à peine exploitée nos chansons de geste offrent à l'historien des institutions et des mœurs. Interprétées par un juriste qui a, comme M. Flach, le sens pénétrant de l'histoire, une foule d'expressions qui passaient inaperçues ou semblaient banales prennent un sens précis et vivant; tel est le mot de *maisnie* dans les nombreux passages cités par l'auteur, qui y montre avec évidence la continuation de l'ancienne bande germanique groupée autour de son chef. L'étude sur le compagnonnage proprement dit ou, comme on a dit plus tard, la fraternité d'armes est aussi très précieuse. Le danger dans ces sortes de recherches est d'en exagérer le bon côté, de prêter à des manières de dire qui sont en effet banales et générales une précision et une portée qu'elles n'ont pas; il faut pour l'éviter joindre beaucoup de tact à beaucoup de savoir, comme le fait l'auteur des *Origines de l'ancienne France*. Nul mieux que lui ne serait en mesure de nous donner un livre qui serait une belle contribution à notre histoire nationale, un *Corpus juris epicum*[3].

---

1. On peut en supposer autant de l'indication topographique que donnent les documents de 1764 et de 1769 (mais non celui de 1840) : le combat se livre, d'après le premier, *in agris qui dicuntur Campestres*, d'après le second « jusque au lieu nommé vulgairement le Champêtré ». M. Th. se demande si ce nom n'aurait pas « une certaine parenté avec *Aliscans* ». Mais on peut aussi songer à cette singulière dénomination de *l'Archant* ou *l'alue de l'Archant* (ou *Lavchant*?), qui n'a jamais été bien expliquée et qui figure uniquement dans le *Covenant Vivien* et *Aleschans*, semblant d'ailleurs en désaccord avec le reste de la topographie.

2. Elle n'emprunte rien non plus au *Covenant*; ce n'est que pour les *Enfances* du héros qu'elle a recours à un poème français.

3. L'étude de M. Flach sur le compagnonnage vient de reparaître, agrandie et revisée, dans le tome II de son grand ouvrage, que je ne saurais trop recommander à ceux qui veulent comprendre la société du moyen âge : *Les Origines de l'ancienne France*.

P. 181, A. Pagès, *La version catalane de l'Enfant sage*. — Cette version catalane inédite, tirée par l'éditeur d'un manuscrit de Madrid de la fin du XIVᵉ siècle, est, comme il le montre, étroitement apparentée à l'une des deux versions provençales que l'on connaît de ce singulier ouvrage, remontant aux *Responsa Secundi ad interrogationes Hadriani*, sur les vicissitudes duquel M. I. Boldakof nous promet une étude complète. M. Pagès a fait précéder son édition de précieux renseignements bibliographiques, et l'a accompagnée de références aux versions provençales et françaises.

P. 195, L. Constans, *Notes pour servir au classement des manuscrits du Roman de Troie*. — Par la publication intégrale et l'étude critique de deux passages dans 27 manuscrits du roman de *Troie*, M. Constans essaye, après P. Meyer, de poser les bases d'une classification complète des manuscrits de ce grand poème ; il ne se trouve pas tout à fait d'accord avec les résultats auxquels était arrivé P. Meyer (*Romania*, XVIII, 10). Il faudrait reprendre par le menu tous les arguments pour et contre afin de se faire une opinion sur ces questions extrêmement épineuses ; en tout cas l'étude scientifique de la tradition manuscrite de *Troie* est maintenant commencée, et il y a plus d'un point sur lequel tout le monde est d'accord. M. Constans a l'intention de donner prochainement une édition critique de l'épisode de *Troilus et Briseida* ; ce sera le prélude de l'édition complète du roman, fondée sur tous les manuscrits, qu'il a le courage de projeter. On ne peut que lui souhaiter de mener à bonne fin une œuvre si difficile et si longue, mais qui rendrait à nos études un service capital.

P. 239, M. Wilmotte, *Gloses wallonnes du ms. 2640 de Darmstadt*. — Ces « gloses », qui forment un essai de traduction fort incomplète et souvent inexacte des *Distiques* de Caton, ont été écrites à la fin du XIIIᵉ siècle ; elles ont cela de précieux qu'elles « constituent un spécimen suffisamment fidèle de parler local à une époque ancienne ». Quel est ce parler ? M. Wilmotte, si versé dans la connaissance du wallon ancien et moderne, le place, par l'examen attentif des caractères phonétiques et morphologiques, aux environs de Namur. Ce petit texte est remarquable par l'état avancé de l'évolution linguistique qu'il présente : plusieurs des traits qu'y relève le savant éditeur n'ont été constatés par lui que dans des documents bien plus récents ou même dans des parlers modernes.

P. 253, A. Salmon, *Remèdes populaires du moyen âge*. — M. Salmon a extrait ces recettes, précédées d'une courte introduction sur les quatre humeurs, d'un ms. de Cambrai (351) où elles ont été copiées dans la seconde moitié du XIVᵉ siècle. Beaucoup d'entre elles sont analogues et la plupart ressemblent par leur rédaction à celles qui ont déjà été publiées d'après des mss. d'Evreux, de Montpellier, de Londres et d'Edimbourg ; M. Salmon renvoie pour chaque recette, quand il y a lieu, à celle qui lui est parallèle dans un de ces recueils. Il est à noter que ces recettes, sinon toutes, au moins en partie, ont certainement à l'origine été rédigées en vers ; on retrouve souvent les rimes et parfois des distiques entiers (ainsi 7 : *Trestout lau ons l'atouchera, Sachiés que li pos i carra* ; 12 : *A cheus qui ont tourble veüe, Prendés fenoul et prendés rue* ; 16 : *Vermine i a d'autres manieres* ; *Es sorcius sont et es paupieres*) ; il y aurait peut-être moyen, en rapprochant les divers textes, de reconstituer un petit poème médical qui serait sans doute assez ancien et aurait reçu de divers côtés de notables accroissements. Le ms. de Cambrai n'était pas sans difficultés ; il est ici très soigneusement édité. Au § 3, dernier mot, *neus*, l. *vens* ; 10 et 63 corr. *oster* pour *ostre* ; 15 je ne mettrais pas de tréma à *seurons* ; 33 l. *ç'amoliera* ; 44 *vomite* ; 56 a *enjun* ; 66 s. d. *kenissent* pour *kevissent* ; 67 le ms. a *dons* et M. S. corrige *dous*, c'est plutôt *lons* (il s'agit des cheveux). — Un utile glossaire des noms de plantes, qui termine l'édition, vient s'ajouter à celui que M. Joret a donné aux pages 577 ss. du t. XVIII de la *Romania*.

P. 267, A. Taverney, *Phonétique roumaine. Le traitement de* tj *et du suffixe* ulum, ulam *en roumain*. — Dans la première de ces études, M. Taverney essaye d'établir, à l'encontre des explications de Miklosich et de M. Meyer-Lübke, mais d'accord, semble-t-il, avec M. Tiktin, que le latin *tj* a donné en roumain *ţ* (= *ts*) devant *a, e, i, u*, mais *c* (= *tš*) devant *o*. La démonstration est extrêmement bien menée, et il paraît difficile de ne pas s'y rendre, même si au premier abord on y est peu disposé : le rapport de *tăciune* titionem à *aţiţar* attitiare ne semble guère explicable autrement ; *inalţar* inaltiare (contrairement au fr. *halcier*) prouve aussi qu'il ne faut pas chercher l'explication dans le fait que le *tj* est isolé ou appuyé (d'ailleurs en roumain *tj* et *cj* sont traités de même). Je noterai cependant que, pour une autre langue au moins que le roumain, p e t i o l u s ne doit pas être cité en exemple : la vraie forme du mot est p e c i o l u s (voy. Georges, *Lexicon der lat. Wortformen*), et la graphie p e t i o l u s n'est due qu'à une fausse étymologie (comment p e s aurait-il un dérivé p e t i o l u s ?) ; les formes it. *picciuolo*, pr. *peçol*, v. fr. *peçuel, peçol, pechol* (ne pas confondre avec *pecol*) le prouvent suffisamment.

La seconde étude de M. Taverney porte sur le suffixe - u l u m ; il montre qu'en roumain l'*u* a disparu dans certains mots et s'est maintenu dans d'autres, avec changement régulier de *l* en *r* ; il conclut que ces derniers « ont été créés ou remis en circulation après que leurs congénères avaient perdu leur *u* ». On observe le même fait dans d'autres langues romanes (cf. par exemple en fr. *vieil* v e t u l u m veclum et *roule* r o t u l u m), et la remarque de M. Taverney s'y applique également : « Les diminutifs en - u l u s créés vers la fin de l'empire ont échappé » à la contraction qui avait depuis longtemps atteint les autres ; il faut seulement ajouter à « créés », comme le fait M. T. un peu plus haut, « ou remis en circulation, » car t e g u l a, par exemple, devenu *teule* ou *tiule* et non *teille*, ne saurait être un mot créé à la fin de l'empire.

P. 279, Ch. Joret, *La légende de la rose au moyen âge chez les nations romanes et germaniques*. — Ce morceau est un chapitre du charmant et savant livre que

M. Joret a publié tout récemment : *la Rose*; il est difficile de l'analyser; tous nos lecteurs le connaissent sans doute sous l'une ou l'autre de ses formes.

P. 303, L. Havet, *L's latin caduc.* — Ce morceau, assurément le plus remarquable du recueil, comprend essentiellement l'étude de trois points : comment et quand l's finale est-elle[1] arrivée à s'amuïr dans la prononciation des Romains? Comment se constate cet amuïssement et jusqu'où allait-il? Comment et quand l's a-t-elle été restaurée de façon à se maintenir jusqu'à nos jours en Espagne et en France? — Sur la première question, M. Havet montre que la chute de l's finale a probablement commencé dans les cas où elle finissait un mot terminant une phrase, car elle n'a dû, d'après la phonétique générale du latin, tomber d'elle-même ni devant une consonne ni devant une voyelle (mais là elle aurait dû régulièrement devenir *r*); la négligence de la prononciation d's finale à la fin des phrases peut remonter haut, mais appartient, en tout cas, à la période proprement latine. — L'étude de la représentation graphique (très peu riche et très peu sûre) et de la valeur prosodique de l's finale dans la période qui va des débuts de la littérature à Cicéron occupe la plus grande partie du mémoire : on y admirera la science métrique, la perspicacité et l'invention critique que peu des travaux de l'auteur présentent au même degré; il en résulte que pendant cette période on prononçait toujours l's finale devant une voyelle, on la prononçait facultativement devant une consonne, et la chute de l's finale n'allongeait pas la voyelle précédente; on ne peut savoir si on la prononçait à la fin des phrases (ni, à vrai dire, si on la prononçait devant une consonne après une longue). — A partir de la traduction des *Phaenomena* par Cicéron (vers 85) l's, prononcée commence à prédominer; cette prédominance s'accentue dans Lucrèce, et dans Catulle il n'y a probablement plus un seul exemple de la non prononciation de l's, dont Cicéron dit en 46 ou 45 (*Orator* 161) : *Quod jam subrusticum videtur, olim autem politius.* Ainsi, entre 100 et 50 environ, l's finale est restaurée et dans la prononciation des gens cultivés et dans la versification. C'est ici que M. Havet émet la conjecture à la fois la plus ingénieuse et la plus hardie : les finales en *is, us* auraient été d'abord bannies du quatrième pied de l'hexamètre, à cause d'une particularité « microscopique » de la technique de l'hexamètre grec, imitée par les poètes latins, puis de tous les vers; et, « du moment que les poètes entendent qu'on prononce l's partout, les orateurs la prononceront, les gens du bel air affecteront de la prononcer, et le vulgaire finira par suivre. » Au risque de me faire ranger parmi les adeptes de ces « écoles de phonétistes qui aiment à envisager le langage sous un aspect scolastique et abstrait », j'avoue que j'ai bien de la peine à accepter une pareille hypothèse. Je sais bien que des effets très

---

1. Je fais, d'après une tradition dont les origines remontent au latin même, les spirantes ou continues (*f, h, l, m, n, r, s*) du féminin, leur nom (*effe*, etc.) ayant une forme féminine, et cette distinction exprimant leur nature en regard des explosives (*b, c, d, g, p, t*). Mais les lettres nouvelles (*j, v*) ont détruit cet arrangement.

3

étendus procèdent souvent d'une bien petite cause, mais quoi? ces raffinements des doctes imitateurs des Grecs auraient transformé la prononciation de tout un peuple, si vite que le latin porté en Gaule par César aurait déjà été complètement dépouillé de ces formes si répandues peu d'années avant, et qui étaient si bien dans la logique du développement de la langue? Et la réaction amenée par l'école des gens qui ne voulaient pas de coupe trochaïque au 4e pied de l'hexamètre (car tout est là) aurait été si puissante qu'elle aurait rétabli l'*s* également en Espagne et en Sardaigne? Je ne le crois pas, et en général je ne crois guère à l'influence de causes aussi étroitement littéraires sur des faits généraux de prononciation (il y aurait bien à dire sur le rapprochement que fait M. Havet avec nos « liaisons »), je ne dis pas sur le sort de mots isolés. Joignez à cela que l'*s* finale paraît ne pas être réintégrée précisément en Italie, où l'influence des *urbani* aurait dû se faire surtout sentir. Pour moi, j'expliquerais tout autrement cet ensemble de phénomènes. L'*s* finale se prononçait toujours devant une voyelle ; devant une consonne elle tendait à ne pas se prononcer (l'hésitation avait sans doute commencé à la pause), et il fut de mode à Rome (*olim politius*) du IIIe au Ier siècle de préférer dans ce cas la prononciation sans *s*. Entre les deux prononciations d'un même mot il devait se faire une assimilation : elle s'est faite diversement, d'une part en Italie (et de là dans la Romania orientale), où on a laissé tomber l'*s* partout [1] ; d'autre part dans la Romania occidentale (Sardaigne, Espagne, Provence, Gaule du nord), où on l'a rétablie partout, et où elle est encore aussi vivante (au moins partiellement) qu'avant l'époque où la prononciation incertaine des syllabes atones finales terminées en *s* avant une pause avait menacé l'*s* de subir le sort de l'*m*. Toutefois, il y a encore bien des obscurités dans cette question, et elle demande de nouvelles recherches, pour lesquelles le mémoire de M. Havet offre une base des plus solides, et, surtout dans sa seconde partie, un modèle qu'il ne sera pas facile d'atteindre.

P. 351, P. Bonnardot, trois textes en patois de Metz : Charte des Chaiviers; *La Grosse Enwaraye*; *Une fiauve recreative* (XVe-XVIIe siècles). — Ce travail, de beaucoup le plus long du recueil, est d'un grand intérêt et d'un grand mérite. La charte des *chaiviers* (ou chamoiseurs), probablement de 1412 (p. 355), appartient encore, malgré son caractère très vulgaire, à la langue du moyen âge (*li* sg. sj., *lou* sg. r.; impf. *conreie, avenive; tusi*, deux fois répété, me paraît être *tuit cil*, et non une mauvaise manière d'écrire *tuis* = *tuit*). La *fiauve recreative*, imprimée en 1615 à la suite de la *Grosse Enwaraye*, est une curieuse facétie dans le style et dans la forme des chansons de geste : elle forme une laisse monorime de 34 vers en *a* féminin, où des assonances (*aque, ade, ape*) se mêlent à la rime dominante en *ate*; c'est probablement la

---

1. Excepté, comme on sait, dans les monosyllabes (*voi, noi, crai, dai*, etc.), où l'*i* atteste une plus longue persistance de l'*s*. C'est exactement ce qui est arrivé pour l'*m*, conservée dans sum, rem, quem, cum longtemps après qu'elle était tombée à l'atone finale.

dernière composition dans cette forme qui ait été faite. La pièce est obscure par ses allusions, mais assez piquante par son mélange des tons épique et burlesque; elle rappelle assez le *Siège de Neuville* du XIVᵉ siècle (*Manuel*, I, § 31). Le v. 2 est *Dilet Jesiralem dayet Montelimate*; M. B. reconnaît là Montélimart, il y soupçonne une réminiscence de l'évêque Adémar de Monteil ou de Montélimart (1327-1361); mais je crois qu'il n'y a dans *Montelimate* qu'une altération plaisante de *Montolivate* ou *Mont Olivet*.—V. 30 *Ons an* pour « On en ». M. B. dit avec raison, je crois, dans sa note, qu'on a là l's caractéristique du sujet (*ons* analogique pour l'ancien *om*; cf. *Rom.* XII, 344); mais dans l'*Étude du texte* (p. 352), il y voit, moins justement, une *s* euphonique. — V. 33 : *Jayet chante le jau*, « Coquelet chante le coq, » formule finale de la *flave*; « manière plaisante, dit M. B., d'indiquer que l'auteur sait, à l'occasion enfler ses pipeaux et s'élever au genre noble de l'épopée. » N'y a-t-il pas là plutôt la formule qui termine tant de contes merveilleux : « Et alors le coq chanta, » c'est-à-dire « Je m'éveillai », c'est-à-dire « Tout ce que je viens de conter n'était qu'un rêve » ?

Le morceau de résistance du mémoire est la *Grosse Enwaraye*, avec l'*Étude du texte* qui la précède, et le copieux commentaire qui la suit. On connaissait l'œuvre par la médiocre réimpression qu'en avait donnée M. G. Brunet, et jusqu'ici on n'y comprenait à peu près rien. M. Bonnardot s'est mis à l'œuvre, et grâce à sa profonde connaissance des parlers lorrains anciens et modernes, et à l'aide de « patoisants » très versés dans les idiomes locaux (notamment de M. Auricoste de Lazarche), il est arrivé à dissiper en bonne partie (mais non en totalité) les obscurités innombrables de ce petit texte, qu'il a reproduit avec le plus grand soin d'après l'édition, d'ailleurs pleine de fautes et de non-sens, de 1615. C'est un monologue en 185 vers octosyllabiques à rimes plates (sauf en tête un triolet), contenant la déclaration d'amour, fort réaliste, d'un *vertugoy* de village à une *bacelle* qu'il qualifie de *grosse enwaraye*. La pièce a-t-elle été destinée à être débitée sur un théâtre? Cela ne me surprendrait pas, et je supposerais que la fille, personnage muet, était en scène devant le galant, lui tournant le dos, ce qui explique les vers 172 ss. : « Je dis : Retourne-toi; je te promets sûrement [le mariage]. Il ne t'en chaut, je crois : tu te tairais bien quinze jours sans dire même un seul mot. » Donnée par l'imprimeur de 1615 comme « un ancien fragment du vray, pur, nayf et naturel langage messin », la *Grosse Enwaraye* ne mérite pas réellement cette qualification. M. Bonnardot a reconnu que « si la scène se passe dans le *Saulnois* (Courcelles-sur-Nied, Pontois, Mechy ou Mercy), régions situées au sud-est de Metz, la langue est celle du *Haut-Pays* (Amanvillers, Avril) et des villages au nord-ouest de Metz en tirant sur Briey ». Je comprends moins la conclusion qu'il tire de cette constatation : « J'en conclus que l'impression a dû suivre de fort près la composition de la pièce, et que l'assertion de l'imprimeur attestant l'antiquité de ce fragment de langage messin n'est qu'une rubrique de métier. » On n'en verrait pas bien l'utilité, et je crois que l'imprimeur a été de bonne foi; la pièce, probablement en réalité datant déjà d'un certain nombre d'années, l'a frappé comme ne présentant pas le langage usité à Metz de son temps; il a jugé chronologique une différence qui était surtout dialectale. Le ton et le genre de ce monologue me paraissent l'assigner au dernier quart du XVIe siècle. La copie qu'a eue l'imprimeur Abraham Fabert (qui a mis son édition, par des raisons fort bien expliquées par M. B., sous le nom de son jeune fils Abraham, le futur maréchal de France) était fort défectueuse; il paraît l'avoir imprimée telle quelle, en y ajoutant, sans doute, des fautes nouvelles (une réimpression faite en 1634 les accroît encore); aussi le texte, obscur par lui-même, est-il devenu inintelligible en maint endroit. M. Bonnardot a déployé, pour la solution de toutes ces énigmes, souvent fort scabreuses, autant d'ingéniosité que d'érudition, et il a osé en donner une traduction, non sans lacunes; pour espérer trouver le mot de celles qui lui ont échappé, ainsi qu'à ses savants collaborateurs, il faudrait avoir cette connaissance des usages locaux et ce maniement familier du patois grâce auxquels ils ont réussi à en résoudre un si grand nombre. Aussi me bornerai-je à deux ou trois notes qui n'apportent aucun éclaircissement nouveau, mais portent sur les explications données aux faits. Et d'abord que signifie *grosse enwaraye*? M. B. rapporte les nombreuses interprétations proposées (dont la plus singulière est assurément celle de M. Godefroy), et se décide pour celle que lui a communiquée M. E. Rolland : « Du premier coup, les paysans [de Remilly] auxquels il a posé la question, l'ont résolue en ces termes : *enwaraye* est une forme altérée pour *embrawaye, ambraouye*, qui se dit d'une personne forte en chair, d'une fille joufflue. » *Embrawaye* serait le dérivé de *brawon*, l'ancien français *braon* (mais il faudrait *ambrawonaye*). On est assez surpris de voir des paysans dire en propres termes qu'un mot est la « forme altérée » d'un autre, et on aimerait mieux qu'ils eussent déclaré qu'ils employaient réellement *enwaraye* dans ce sens; en outre l' « altération » paraît fort peu vraisemblable. Je suis bien plus porté à admettre l'autre explication donnée p. 385, et qui rattache *enwaraye* à *warèi* « taureau ». Une *enwaraye* est une vache en chaleur, qui demande le taureau, « d'où, par extension, fille nubile, qui recherche le mâle. » Ce doit être là le vrai sens. — La forme *Maʒelaine* pour *Madeleine* (v. 76) surprend M. B. : elle se retrouve souvent en anc. fr. (d'où le jeu de mots *Marie maise alaine* pour *Marie Maʒelaine* dans la *Pais aus Englois; Rom.* XIV, 280); je l'explique par le provençal : le culte de Marie Madeleine florissait, comme on sait, en Provence, et les pèlerins en rapportaient cette prononciation. — Les vers 17 ss. sont ainsi conçus (je donne les mots séparés comme ils doivent l'être, et je ponctue) : « *Se je n'euche aiy mau on pié, J'y euche, si mon ame, alé; Ma j'euchen etty affalé Pé le rouani d'enteur lé haye.* » M. B. traduit : « Si je n'eusse eu mal au pied, j'y eusse, sur mon âme, allé, Mais j'eus été affoulé [je me suis foulé le pied] Par les ornières entre les haies. » Je ne puis comprendre *j'euche(n)* au v. 19 autrement que *je n'euche* au v. 17, et je traduis : « Mais j'aurais été affolé (plutôt qu'*affalé*, proposé en note, ou le très douteux *affoulé*) par les ornières entre les haies (à cause de sa blessure au pied) ». — Au v. 62, *grace* est traduit par

« grosses », mais comme ailleurs, on lit *gros, grausse*, c'est plutôt *grasses* (au v. 7 de la *Flave*, le mot se retrouve et est traduit par « grace », s. d. faute d'impression pour « grasse »). — Au v. 65, le verbe *pouardé*, « regarder » est considéré comme une « forme différenciée de *rouatier rwaté*, déjà contracté de l'anc. *rouwairder....*, dans laquelle *p* s'est développé de *w*. » Ce serait déjà fort singulier, mais comment, dans *pouardé* de *rouardé*, *p* se serait-il « développé » de *w*? A la suite d'une chute de *r*? En fait, *pouardé* est la contraction de l'ancien *pourwarder*, a. fr. *porguarder*; *rouatier* est d'ailleurs un autre mot, répondant au fr. *rewaitier*. Ajoutons que le mémoire de M. Bonnardot est riche en renseignements de tout genre pour l'histoire des mœurs et des usages, et qu'il s'ouvre par une précieuse bibliographie des ouvrages imprimés en patois messin jusqu'à notre siècle. L'auteur constate que l'annexion de Metz à l'Allemagne a rendu une vigueur nouvelle au patois, « désormais unique truchement des indigènes au foyer domestique..... et dans leurs rapports mutuels, à l'encontre des occupants, qui savent bien le français classique, mais non pas le patois. »

P. 407, A. Morel-Fatio, *Duelos y quebrantos*. — Don Quichotte, le samedi, mangeait, dit son biographe, *duelos y quebrantos*, « des deuils et des brisures. » Que désigne cette singulière dénomination, et d'où vient-elle? M. Morel-Fatio, dans sa très piquante note, répond d'une façon certaine à la première question. En Castille, depuis une époque impossible à préciser (une légende voulait que ce fût depuis la victoire de Las Navas en 1212), on avait le droit, au lieu de faire comme ailleurs abstinence complète, de faire abstinence *de grosura*, c'est-à-dire de manger les « issues » (tête, pieds et tripes) des animaux de boucherie; c'est évidemment ce que faisait le bon chevalier de la Manche. Mais pourquoi cette nourriture du samedi s'appelait-elle *duelos y quebrantos*? On en a donné deux explications, que M. M.-F. rejette l'une et l'autre. Il établit que *duelos y quebrantos* était une locution fréquente — quoi qu'on en ait peu d'exemples — puisque Quevedo la range au nombre des *bordoncillos inutiles*, dont un écrivain soigneux doit s'abstenir. « Quant au sens, les deux mots n'ont été pris d'abord que dans l'acception purement morale de « chagrins et tourments, et, à la rigueur, on a bien pu qualifier ainsi le maigre repas castillan du samedi; les Allemands n'ont-ils pas nommé *arme Ritter* un mets de pénitence qu'ils mangeaient précisément ce jour-là? Mais j'admettrais volontiers que Cervantes ou tout autre a cherché à faire un jeu de mots : le mot *quebranto* pouvait donner l'idée d' « abatis » : on ferait une plaisanterie du même goût en français si l'on accouplait les deux mots *plaisir* et *réjouissance*. » Et il ajoute : « Quel que soit l'inventeur de la pointe, elle a eu du succès : *duelos y quebrantos* deviennent peu à peu synonymes d'issues ou de tripes : » dans une comédie de Lope de Vega, on voit « une Lucinda, *almorzando unos torreznos, con sus duelos y quebrantos*. Pas question ici du samedi ni d'abstinence; la Lucinda entend faire, je suppose, avec son amant, un très succulent déjeuner. » Mais alors *d. y qu.* ne peut avoir qualifié « le maigre repas castillan du samedi » par allusion à sa triste condition (d'autant moins que le vendredi était bien plus maigre, et qu'au contraire les Castillans étaient mieux partagés le samedi que tous les autres catholiques). C'est uniquement en tant que composée d'issues que cette nourriture a reçu son nom, sans mélange d'idée compatissante, et l'on serait bien porté à admettre la « très ingénieuse » explication du Dr Antonio Puigblanch (*duelos y quebrantos* signifiait « chagrins et tourments », mais à côté *dejos y quebrantos* signifiait « tripes (cf. *issues*) et extrémités (brisures, abatis) », et le peuple (ou un amateur d'*agudezas*) a substitué l'un à l'autre). Seulement, dit M. M.-F. (sans parler du sens forcé donné à *quebrantos*), on ne trouve nulle part ce *dejos y quebrantos*. Il faudrait, pour résoudre mieux ce petit problème, rassembler des exemples plus nombreux de *duelos y quebrantos* au sens métaphorique ; peut-être en les cherchant trouverait-on la locution indiquée par A. Puigblanch.

P. 419, J. Cornu, *Études sur le poème du Cid.* — Le savant professeur de Prague, après avoir eu sur ce sujet d'autres opinions, est maintenant convaincu que le *Poema del Cid* a été composé par son auteur en vers de romances (sept-huit syllabes à chaque hémistiche), et que les innombrables hémistiches qui ne rentrent pas dans cette formule ont été altérés par la mauvaise mémoire des récitateurs ou la négligence des copistes. Pour le prouver, il emploie un moyen très ingénieux, qui consiste à examiner un très grand nombre d'hémistiches contenant des noms propres, et, par conséquent, forcément mieux conservés que les autres, et qui présentent effectivement sept syllabes dans le manuscrit unique, ou se laissent très facilement ramener à cette mesure. Je ne me prononce pas sur le système de M. Cornu, qui est, en tout cas, bien attrayant ; la réunion, dans ce mémoire, de 871 hémistiches d'un caractère particulièrement probant (auxquels il faut joindre aussi les 400 vers qui sont dans leurs deux moitiés conformes au type en question) fournit à coup sûr une base solide et toute nouvelle à la discussion. — M. Cornu a bien voulu m'envoyer, en me priant de le joindre à ce compte rendu, un choix d'autres hémistiches de sept-huit syllabes, fait pour lui par son ancien élève M. le Dr Rolin : « un grand nombre, remarque-t-il, sont des formules qu'il n'est pas possible de modifier. ......Plusieurs de ces hémistiches pèsent plus dans la balance que cent autres qu'on apporterait pour prouver l'alexandrin ou d'autres vers qui me sont inconnus. » J'insère bien volontiers ici ce petit recueil.

1er *hémistiche.*

I

40 Una niña de nuef años.
209 En San Pero de Cardeña.
417 En medio duna montaña.
517 Nin cativos nin cativas.
547 Entre Fariza e Çetina.
554 En un otero rredondo.

665 *A cabo de tres semanas* = 3481
902 El payo de myo Çid.
1085 Aquis compieça la gesta.
1247 El amor de myo Çid.
1576 A la puerta de Valençia.
1711 Por las torres de Valençia.
2103 Trezientos marcos de plata.
2242 A la glera de Valençia.

II

2536 E las noches e los dias.
2613 Por la huerta de Valençia.
2652 Con dozientos cavalleros = 2838
2847 Varones de Santestevan.

Second hémistiche.

I

149 de voluntad e de grado = 1005, 1056.
226 de cuer e de veluntad.
238 abuelta de los albores.
720 por amor de caridad = 3253.
829 a Castiella la gentil.
883 *a cabo de tres semanas* = 915.
1116 de la linpia christiandad.
1133 el campo nuestro sera.
1186 en tierras de Mon Rreal.
1199 de la buena christiandad.
1268 de la casa de Bivar.
1272 myo señor natural.
1321 por amor del Criador = 2787, 2792, 3490, 3504, 3580.
1432 cavallero de prestar.
1446 el Çid siempre valdra mas.
1460 coronado de prestar.
1461 pora huebos de lidiar = 1695.
1500 el Burgales natural.
1611 en el mas alto logar.
1663 el buen Çid Campeador.
1667 del obispo don Jheronimo.
1780 el Campeador contado = 2433
1887 fijas del Campeador = 2323, 2661.
1995 el cavallero de pro.
2031 myo natural señor.
2036 Alfonsso myo señor.
2105 en Valençia la mayor 3710.
2161 a Valençia la mayor = 2625, 2826, 2840.
2186 con los ojos de las caras.

2222 metolas en vuestra mano.
2254 e corredores cavalos.

II

2332 y fantes de Carrion = 2496, 2587, 2646, 2675, 2701, 2942, 2965, 3080, 3126, 3144, 3161, 3207, 3209, 3217, 3219, 3467, 3485, 3562, 3568, 3596.
2474 la cort del Campeador.
2512 el obispo don Jheronimo.
2513 cavallero lidiador.
2526 a tierras de Carrion = 2544, 2590, 2597, 2627, 2638, 3470, 3599.
2570 en tierras de Carrion = 2600, 2717, 3223.
2578 las telas del coraçon = 3260
2588 por Valençia la mayor.
2679 al Campeador leal = 3317.
2748 en el rrobredo de Corpes = 2754, 2945, 3156, 3266.
2809 por los rrobredos de Corpes.
2851 que sodes coñoscedores.
2901 myo vassallo de pro = 3193.
2915 de yfantes de Carrion = 2952, 3113, 3202, 3437, 3704, 3707.
3022 el Çid con todos los sos.
3137 ca sodes coñoscedores.
3151 de Valençia la mayor.
3272 allas cortes pregonadas.
3310 Pero Mudo me lamades.
3350 a guisa de traydor.
3399 de Navarra e de Aragon = 3405, 3420, 3448, 3722.
3410 caboso Campeador.
3481 en begas de Carrion.
3553 el conde Garçiordoñez.
3555 las espadas taiadores.
3585 de los fierros taiadores.
3616 abueltas con los pendones.
3696 por tierras de Carrion.

P. 459, A. Gilliéron, *Remarques sur la vitalité phonétique des patois.* — Dans ces pages pénétrantes, M. Gilliéron montre que les patois ont été et sont encore entravés et comme paralysés dans le développement logique de leurs tendances purement phonétiques, non seulement par l'influence croissante du français littéraire, mais encore par le voisinage d'autres patois et la nécessité de communiquer (aussi les villes sont-elles toujours en retard sur les campagnes dans l'évolution physiologique). Les petits centres isolés, comme il s'en trouve surtout dans les montagnes, sont bien moins « réfrénés » dans leur évolution, aussi s'accomplit-elle sans aucun égard à des nécessités qui ailleurs s'imposeraient : la réduction des mots par l'effacement mécanique des voyelles et des consonnes y arrive à des résultats effrayants. M. G. cite des parlers savoyards où *Mont-Cenis* est devenu *Mwéni*, a r a n e a *aña*, i l l u m l e v a m e n *èā*, etc. « Si, par un malheureux hasard, tous ces phénomènes de destruction venaient à se produire dans un seul et même parler, ce serait un engrenage d'où combien de mots latins ne sortiraient que réduits à leur simple voyelle accentuée ! » A vrai dire, le danger existe aussi, et très sérieux, pour le français, si l'on songe que déjà, p. ex., a u g u s t u m s'est réduit à *u*, que a l l i o s, a q u a s, a l t o s, a d i l l o s sont réduits à *o* (*oz* devant une voyelle), que le même groupe *vèr* représente v a r i u m, v i r i d e m, v i t r u m, v e r s u m, v e r m e m, que d'autre part dans les deux siècles derniers l'*e* féminin est réellement devenu un *e* « muet », que l'*r* a failli sombrer à la fin du XVIIIᵉ siècle (quand on disait *paole d'onŏ*), que de nos jours même l'*l* mouillée s'est réduite à *j*, et l'*s* douce, dite de liaison, va tous les jours en se perdant davantage (j'ai entendu dire *nou avon eu*), on se demande ce que deviendra la langue s'il s'y produit de nouveaux changements de prononciation qui suppriment ce qui lui reste de consonnes : rien n'empêche que l'*r* ne tombe cette fois pour de bon, et qu'on n'ait *vè* au lieu de *vèr* (répondant déjà à v a d o et v e s t i t); la chute du *v* réduirait ensuite tous ces mots à *è*. On s'en tirerait sans doute toujours en remplaçant les mots trop réduits par des dérivés, mais ce n'en est pas moins un avenir assez inquiétant pour une langue qui se pique avant tout de clarté, et dont une des ambitions légitimes est de servir de moyen de communication internationale. *Di omen avertant!* Quant à la science, elle peut décrire le mal et en prévoir les progrès, mais il est douteux qu'elle ait la moindre efficacité pour l'enrayer.

P. 465, E. Muret, *Sur quelques formes analogiques du verbe français.* — Le premier paragraphe de ce mémoire concerne les 1ʳᵉˢ pers. plur. en -*oms*; j'en ai rendu compte l'an dernier (*Rom.* XXI, p. 352, n. 1). — Le second est intitulé : *Stais, vois; pruis, ruis, truis; corvée, enterver.* C'est une tentative fort ingénieuse pour expliquer des formes qui jusqu'ici n'ont pas trouvé leur explication. L'auteur sépare les deux groupes *estois, vois,* [*dois*], et *ruis, pruis, truis. Stais* serait modelé sur un hypothétique *jais,* de j a c e o, à cause de l'identité des parf. et part. *jui stui, jeu ste(d)u ; stais* aurait à son tour amené *vais* et *dais*; d'autre part, les formes traditionnelles étaient *stoi, voi, doi,* et il y a eu entre les deux séries une fusion qui a amené *stois, vois, dois* (sur ce dernier, cf. *Rom.* XXI, 348). Il y a à ce système une assez forte objection, c'est que cɉ devient *ts* (*ƫ*) et non *ɉs* (*is*), en sorte que j a c e o aurait donné *ɉats* (*ɉaƫ*) (cf. f a c i o *faƫ*) et non *jais*; en outre, j a c i o était devenu très anciennement, au moins en gallo-roman, jĕc i o (ce qui explique *jui* jĕc u i, en regard de *ploi* p l a c u i), en sorte qu'on a dû avoir à l'origine *gieƫ* (devenu plus tard *gis* par analogie avec les autres personnes). En outre, il n'y a aucune trace des formes postulées en *a*, et si l'on considère les autres personnes (*estas, -at; vais, vait* ou *vat*), il paraît invraisemblable que *stais, vais* eussent si complètement et si anciennement cédé à l'influence de *stoi, voi*. Il reste de l'hypothèse de M. Muret un fait très probable, c'est que les formes en *s* (*s* sonore) pour les verbes remontent à des formations en t ɉ, quelque chose comme s t a u t i o, -a, v a u t i o, -a, d a u t i o, -a. Reste à les expliquer. — Pour rendre compte de *ruis, pruis, truis*, l'auteur entre dans des recherches très fines et assez difficiles à suivre sur le sort respectif de *g*, *b*, *p* et de *ō* ou *ŭ* final. Il en conclut, si je le comprends bien, que p r ŏ b o a donné normalement *prueu*, et s'est assimilé t r ŏ p o et r ŏ g o : *prueu, rueu, trueu* sont ensuite devenus *pruis*, etc., sous l'influence de *vois, estois*. La différence de l'*s* dans les deux groupes, attestée par les subj. *voise estoise* d'une part et *ruisse pruisse truisse* de l'autre [1], rend cette hypothèse assez peu probable, outre que la différence de voyelle qui a toujours existé entre les deux groupes s'opposait aussi à une influence exercée par l'un sur l'autre. Je crois bien, avec M. Muret, que les formes en *-uou, -ueu*, représenteraient le développement régulier de *-ŏgo, -ŏbo, -ŏpo*, mais la cause de leurs changements doit être cherchée ailleurs. Je pense toujours (voy. *Rom.* VII, 622) qu'elle a son origine dans la double forme qu'a dû avoir la 1ʳᵉ pers. pr. ind. de *podeir* : *puou pueu* = *p o t o (cf. roum. *pot*, esp. *puedo*), et *puois pueis puis* (de provenance contestée, mais assurés). *Puou*, il est vrai, a disparu de très bonne heure devant *puois*, mais l'influence a dû se produire plus anciennement encore. Quant à la chute du *t* de p ŏ t o, nécessaire pour la formation de *puou*, je l'expliquerais par le fait que le *t* dans cette position avait très anciennement passé à *d* : cf. *nou*, de n ŏ t o = n a t o, qui remonte nécessairement à *nuou*; p o d i b a t apparaît de très bonne heure. Une fois créés, *ruis, pruis, truis* ont facilement amené *ruisse, pruisse, truisse : puisse*. Mais cela reste encore bien hypothétique. — On trouvera dans l'étude de M. Muret beaucoup de remarques intéressantes pour la préhistoire phonétique du français. Il dit, avec raison, que v i v u m, ŏv u m, nŏv u m ont dû donner *viu, uou, nuou*, et il explique les formes *vif, nuef*, comme M. Förster (*Zeitschr.* XIII, 544), par l'influence des féminins *vive* et *nueve*; mais j u d a e u m > *juif* prouve que l'*u* a pu spontanément se changer en *f*; c'est probablement un cas de phonétique syntactique : on a dû avoir les trois formes : *nueu mantel, nuev e bon, mantel nuef*, et la troisième a prévalu. Pour *uef*, d'ailleurs, il ne donne pas d'explication; celle qui

---

1. Les formes *ruise, truise, pruise*, qui apparaissent rarement et tardivement, sont dues à l'analogie avec *duise, luise, nuise*, formes elles-mêmes analogiques.

a été proposée, je ne puis retrouver par quel philologue, l'influence d'un ancien *ueve* < ŏva (cf. it. *uova*), manque de base, le mot *ueve* étant inconnu : *uou*, *ueu* a existé et se trouve dans Est. de Fougères (*eu : gieu, feu, sarqueu*); il avait sans doute pour formes concurrentes *ueu* et *uef*, qui a prévalu. La triple forme *queu*, *cheve* et *chief* peut peut-être s'expliquer de même.

P. 475, A. Rousselot, *L's devant* t, p, c *dans les Alpes*. — Dans les vallées du versant italien des Alpes, soit par lui-même, soit à l'aide de renseignements très sûrs, M. l'abbé Rousselot a constaté, l'une à côté de l'autre, en train souvent de passer de l'une à l'autre, les phases successives de l'amuïssement de l'*s* devant les explosives sourdes. Partout la première phase a été le pho-nème qu'il note *č* et qui répond à peu près à l'allemand *ch* dans *ach, Tochter*. Une fois constitué, le groupe *č* + expl. sourde suit partout deux voies diffé-rentes : l'une, passant par *y* (*j*), aboutit à la chute complète de l'*s*; l'autre est plus compliquée : pour *sp* elle aboutit à *f* (par *čp*, *čf*, *çf* [ç = *ch* all. de *mich*, *recht*], *yf*), pour *sc* à *h* (par *čc*, *čč*, *çč*, *yč*, *č*); pour les transformations très variées de *st* je renvoie à l'étude elle-même. Ces observations profondes et délicates jettent, comme le remarque le savant phonétiste, un grand jour sur l'histoire antique des transformations de l'*s* en gallo-roman : toute cette his-toire, telle qu'elle s'est déroulée dans le passé, s'étale aujourd'hui encore en stratifications non plus superposées, mais parallèles, qui vont depuis l'état le plus archaïque (car *sp*, *st*, *sc* subsistent intacts dans certains endroits) jusqu'à un état plus avancé que tous ceux que nous connaissons (chute complète de *sp*, par exemple). Ces études ouvrent à la linguistique des perspectives si vastes, et, en certains points, si inquiétantes, qu'elles donnent une sorte de vertige, et que le philologue peu familiarisé avec elles s'en écarte avec pru-dence, et ne se retrouve à l'aise que devant des textes limités et des dates précises. Mais il ne peut que mieux comprendre l'objet de son travail en ne perdant jamais de vue ce que des recherches comme celles-ci apportent d'éclair-cissements sur les lois, toujours et partout semblables à elles-mêmes, de l'évolution mécanique et psychologique du langage humain.

P. 487, A. Beljame, *La prononciation du nom de Jean Law le financier*. — Dans cette étude aussi piquante qu'érudite, le savant professeur de langue et littérature anglaise à la Faculté des lettres résout définitivement une énigme pour laquelle on a proposé les explications les plus aventurées. Beaucoup de noms, en Angleterre et en Écosse, flottaient, à l'époque de Law, entre une forme dépourvue et une forme munie de l'*s* indiquant filiation : on disait *Pitt* et *Pitts*, *Wither* et *Withers*; le célèbre financier, dont le nom officiel (d'après son acte de baptême et ses signatures) était *Law*, était appelé d'or-dinaire et s'appelant lui-même *Laws* (*Laus* se lit dans une lettre anglaise de 1694, *Laws* souvent dans d'autres écrits contemporains). Le nom fut, comme le remarque M. B., entendu en France avant d'y être lu, et entra dans l'usage sous la forme qu'il avait dans la prononciation ordinaire, tandis que les documents officiels écrits et imprimés lui conservaient la forme Law. *Lass*

reproduit la prononciation écossaise de *Laws*, mais on trouve aussi des
exemples de la prononciation avec *s* douce (d'où de nombreux jeux de mots
entre *Las* et *l'aze* = *l'âne*). En terminant son élégante démonstration, M. B.
conseille aux Français de garder, en écrivant *Law*, la prononciation *Lass*, qui
était celle des contemporains de l'auteur du « système », et sans doute, de cet
auteur lui-même.

P. 507, J. Psichari, *Le roman de Florimont ; contribution à l'histoire littéraire ;
étude des mots grecs dans ce roman.* — Pour apprécier cet intéressant travail, il
faut y joindre le récent article de M. Fr. Novati dans la *Revue des langues
romanes* (XXXV, 481-502 ; cf. *Rom.*, XXI, 619) et la réponse de M. Psichari
dans le beau livre qu'il vient de publier sous le titre d'*Études de philologie néo-
grecque* (fascic. XCII de la *Bibliothèque de l'École des Hautes Études*). Le point
essentiel du présent mémoire est la démonstration, qu'on peut regarder
comme acquise, que les mots ou phrases grecques cités dans le *Florimont* ne
prouvent pas chez son auteur, Aimon de Varennes, la connaissance réelle du
grec. M. Ps. les étudie, d'après tous les manuscrits qu'il a pu consulter et
qu'il reproduit diplomatiquement, et s'efforce de les restituer tels qu'ils ont
dû être dans l'autographe de l'auteur (le mot est ici bien à sa place ; cf.
Milieu, v. 60 : *Mais dou ditier et de l'escrire Ai mout de paine et mout de fais*),
et il constate que, soit pour les formes, soit pour la construction, on n'a
là « du grec d'aucune époque.». Il en conclut qu'Aimon a dû les trouver dans
un texte écrit, où il les a copiés tantôt mécaniquement, tantôt avec des alté-
rations arbitraires, qui se dénoncent comme telles quand on voit qu'elles
sont amenées par les nécessités de la rime : *sirtes calo*, par exemple, semble
bien ne pouvoir provenir que de la formule de bienvenue *calos irtes* (καλῶς
ἦρτες), dont les éléments ont été mal coupés, puis intervertis. Il faut lire toute
cette dissertation très serrée et où se montre à chaque ligne une profonde
connaissance du grec. Toutefois on peut se demander, avec M. Novati, si la
conclusion de l'auteur est bien assurée. Il tire un argument qui paraît invin-
cible du fait que le θ est rendu dans les mss. par *th* (*t, c, χ, s* semblent n'être
que des fautes de copistes), tandis qu'il se prononçait déjà bien avant le
XIIe s. comme il se prononce encore aujourd'hui (*th* anglais) ; ce *th* représente donc une transcription purement graphique, tandis qu'une notation
faite d'après le son perçu serait *χ, s,* ou *c*. Mais il ne paraît pas impossible
qu'Aimon ait connu et employé le digramme *th*, qui avait été longtemps, et
en Angleterre et en France même, employé à représenter ce même phonème
(cf. *Rom.*, XVI, 155). En revanche, M. Ps. reconnaît lui-même que le β est
rendu par *v* et non par *b* (les notations par *b* dans les mss. au Pass. I sont en
minorité, elles n'existent pas pour le Pass. II), ce qui indique plutôt une
transmission orale. La plaisante déformation de *calos irtes* en *sirtes calo* a pu
se faire aussi bien par un auditeur que par un lecteur (remarquez la prédi-
lection d'Aimon pour cette forme *calo*, qu'il emploie fautivement de diverses
façons). Il paraît évident que la méprise non moins amusante sur *potameu*,

qui est, d'après le poète, le nom du fleuve qui arrose Philippople, ne peut
venir que d'une confusion comme en commettent souvent les voyageurs qui
ignorent la langue du pays. Aimon, se trouvant à Philippople, a indiqué
l'Hèbre (Maritza) en demandant ce que c'était : on lui a répondu ποταμός ou
ποτάμιον, qu'il a d'ailleurs mal entendu, et il en a fait le nom du fleuve :
c'est ainsi qu'A. Dumas, dans son *Voyage au Caucase*, parle d'une espèce
admirable de chiens qui s'appelle en russe *sabak* (*sabak* = chien) [1]. Le nom
de *Cacopédie*, que se donne pour se ravaler un des personnages du roman,
doit avoir aussi une origine orale : le voyageur français en pays grec a dû
entendre plus d'une fois qualifier de κακό(ν) παιδί le garçon de son hôte ;
il a retenu ce nom et en a fait l'humble nom de guerre dont s'affuble
Flocart. M. Ps. soupçonne que Cacopédie est originairement κακὰ παιδία : « Il
est question, à cet endroit, de deux personnages qui vont incognito et que
réunit un même souci. Cacopédie, à l'origine, a donc pu s'appliquer aux deux
compagnons d'infortune, aux deux κακὰ παιδία ; l'α de παιδία justifierait seul
l'*e* final de tous les mss. » Cette supposition s'appuie sur une conception
générale du rôle des passages grecs dans le *Florimont* qui ne me paraît pas
assurée : « Les passages grecs de *Florimont*, dit M. Ps., ont un caractère
bien marqué ; ce ne sont pas des morceaux détachés, qui peuvent s'intercaler
n'importe où ; ils font partie d'un ensemble où ils ont bien l'air d'être en
situation. Ils font corps avec le récit. » Ces passages sont au nombre de
neuf ; quatre échappent d'abord à cette hypothèse : le nom de lieu (altéré)
Asabato [2] (à propos duquel sont cités *sabato* et *protosabato*), le nom de ville
Philippople (quant à *Philippenses*, nom donné aux habitants, il est pris de
l'épître connue de saint Paul par confusion de *Philippes* avec *Philippople*),
potameu, le nom de lieu *Calocastro*. *Cacopédie* peut s'expliquer comme je l'ai
fait ; je reparlerai d'*Eleneos*. Restent deux formules de politesse (*calismera*,
calos irtes), une formule d'acclamation et une formule de prière (je les cite
dans la traduction qu'en donne Aimon : *Si m'aït Deus, bons est li rois. Deus,
bon seignor, Gardez ui cest empereor !*). Ce sont là des phrases qu'Aimon
avait eu l'occasion d'entendre à Byzance et qui n'ont certainement aucun
rapport intime avec l'histoire de Florimont. On ne comprend pas du tout
pourquoi le traducteur latin de cette histoire que suppose M. Ps. aurait
éprouvé le besoin de les intercaler dans son ouvrage et pourquoi Aimon les

---

1. M. Risop (*Archiv* de Herrig, LXXIII, 60) remarque fort à propos que Villehardouin et Henri de Valenciennes n'appellent l'Hèbre que *le flum*. Il est très probable que l'usage habituel des Grecs était également d'appeler ποταμός tout court le fleuve de beaucoup le plus important de la Roumélie.

2. *Asabato* serait le nom du lieu où Philippe vainquit le roi de Bulgarie Candiobras, et viendrait de *sabato*, qui signifie *ost*, ce qui fait que le chef des troupes de l'empereur grec s'appelle *protosabato*. Tout ce passage est encore inexpliqué (voy. les savantes remarques de M. Risop, *Archiv*, LXXIII, 60) ; il faudrait d'abord essayer d'identifier le lieu indiqué par Aimon. Notons seulement que le vrai nom du chef des troupes impériales était πρωτοστράτωρ ; il semble qu'Aimon ait mal entendu, car il fait bien son *protosabato* de cinq syllabes. L'idée d'une faute de lecture est moins vraisemblable.

aurait conservées. On s'explique au contraire, comme l'a dit M. Novati, qu'Aimon, voulant faire admirer sa science et donner à son roman une apparence bien grecque, ait inséré çà et là les quelques bribes de grec qui lui étaient restées dans la mémoire. Qu'en réalité il ne sût pas le grec, c'est d'ailleurs ce qui résulte de la savante étude de M. Psichari, mais la nécessité d'un original latin où il aurait trouvé ces phrases ne me semble pas démontrée [1]. J'admettrais seulement volontiers qu'il s'était fait transcrire en caractères latins par quelque Grec latiniste (il y en avait certainement) les phrases un peu longues, ce qui expliquerait peut-être le mieux quelques particularités de la notation.

Quant à l'histoire en elle-même, M. Ps. est d'accord avec M. Novati pour ne la considérer comme grecque qu'en partie. Assurément Aimon y a beaucoup ajouté du sien, et on y retrouve certains éléments qui ne peuvent être grecs, comme Brutus et Corineus ; toutefois M. Novati me semble aller trop loin dans ce sens. Il paraît d'ailleurs s'en être aperçu lui-même, car après avoir eu l'air de dire qu'il n'y avait de grec dans tout le *Florimont* que la légende locale de la défaite d'un lion par un roi Philippe, fondateur de Philippople [2], il reconnaît dans une note finale que la guerre de ce Philippe contre un roi de Bulgarie et même le secours qui lui fut donné par un guerrier inconnu se cachant sous le nom d'*Eleneos* [3] peuvent bien avoir fait partie du récit originaire. Mais ce personnage dont l'intervention décisive assure la victoire ne pouvait guère fournir à ce récit un simple « épisode » ; il devait, suivant l'usage constant des romans de ce genre, épouser la fille de Philippe, comme il le fait dans *Florimont*, et on devait nous raconter à la suite de quelles aventures il avait cru devoir cacher son nom : par là même une partie considérable du roman d'Aimon de Varennes nous apparaît comme ayant vraisemblablement figuré dans l'original grec. Je ne suis pas non plus convaincu que l'épisode de la fée de l'*Île Celée*, qui est d'ailleurs en relation intime avec ces aventures, ne soit pas d'origine grecque. Cette *Île Celée*, par son nom même, rappelle l'île de Calypso (dont le nom est en rapport certain avec καλύπτω), cette « doublure » de Circé, qui joue dans l'histoire d'Ulysse un rôle fort analogue à celui de la fée dans l'histoire de Florimont. C'est à tort que M. Novati oppose à *Florimont* « les véritables romans byzantins, tels que l'*Ippomédon*, l'*Eracle*, pour ne citer que ceux-là ». Assurément dans l'*Ipomédon*

---

1. J'admets d'ailleurs, comme on le verra plus loin, un intermédiaire latin pour le *Florimont*, mais dans d'autres conditions.

2. Ce Philippe, dont Aimon fait le bisaïeul d'Alexandre, et qui dans le conte grec était sans doute son père (le vrai fondateur de Philippople), est appelé dans le poème Philippe *Macemus*. Je suppose que ce surnom n'est autre que le grec μάχιμος, et je vois là une trace nouvelle de l'origine grecque du roman.

3. M. Psichari est porté à admettre une conjecture de M. Hesseling, d'après laquelle *Eleneos* répondrait à ἐλεεινός, et serait en réalité l'équivalent non de *Florimont*, mais du pseudonyme qu'il prend de *Povre veü*. C'est en effet une conjecture vraisemblable, que M. Novati admet aussi, tout en discutant l'explication de M. Psichari.

il y a beaucoup moins d'éléments grecs que dans le *Florimont* [1] ; quant à l'*Eracle*, il soulève des questions très complexes dont je ne veux pas m'occuper ici. De tous les romans français qu'on a cru pouvoir regarder comme d'origine byzantine [2], le *Florimont* est celui pour lequel cette origine, au moins dans son ensemble, est le plus incontestable.

J'arrive à la seconde partie de la thèse (car c'en est bien une) de M. Psichari. Aimon de Varennes n'a pu, d'après lui, connaître le roman grec qu'il a imité que par une traduction latine : cela résulte d'abord de l'examen des passages grecs qu'il a conservés, en les dénaturant, d'après le traducteur latin, mais cela résulte surtout de ce qu'il dit lui-même. A plusieurs reprises, il mentionne expressément une source latine ; il est vrai qu'à un endroit il semble dire qu'il a mis le roman grec d'abord en latin puis en français (*Traist de greu l'istoire latine Et del latin fist le romans*), mais comme il est prouvé que la première assertion est fausse, il en résulte qu'Aimon est un menteur ; on ne lui fait donc pas tort en supposant qu'il a essayé, gauchement d'ailleurs, de s'attribuer le mérite d'un autre, qui avait réellement traduit en latin un conte grec. Cet autre pourrait bien avoir été un certain *Amo*, sur le nom duquel joue tout un passage cité par M. Psichari ; faut-il croire qu'un hasard a voulu que le traducteur latin s'appelât *Amo* et le traducteur français *Aimon*, ou plutôt ce dernier nom n'est-il pas suspect, et ne faut-il pas, là où il apparaît, reconnaître le même Amo? C'est ce qui semblerait résulter de la comparaison des passages où l'auteur du poème dit *je* et de ceux où il dit *Aimon* en parlant de lui : on sent en général entre eux une différence de ton qui s'explique si l'on suppose que les seconds proviennent de la source latine ; il est vrai qu'à certains autres endroits celui qui dit *je* paraît bien s'identifier à *Aimon*, mais c'est peut-être une tentative d'usurpation, et le nom d'Aimon de Varennes ne doit « être prononcé qu'avec prudence dans l'histoire littéraire de la France ». Tout cela, on en conviendra, est bien compliqué, et je ne puis que me ranger sur ce point à l'avis de M. Novati [3], qui se refuse à voir dans l'*Amo* mentionné par le poète un autre personnage que ce poète lui-même. En fait, le nom d'*Amo* n'apparaît nulle part : au v. 30 du Milieu D seul a *Amo*, les autres mss. ont *Aimes* [4] ; je crois qu'il faut en réalité lire *Aimo*, et que le poète a donné ici son nom sous sa forme latine : *Aimo*, dit-il, serait *amo* si l'on en retranchait l'*i* : *Qui l'i après l'a ostera* Amo *tout*

---

1. Notez que l'épisode central d'*Ipomédon* n'est pas sans rapport avec celui de *Florimont* : là aussi le héros combat inconnu pour défendre les états de celle qu'il aime ; mais c'est un lieu commun qui se retrouve dans bien d'autres récits.

2. M. Psichari, dans ses *Études de philologie néo-grecque* (p. LVIII et suiv.), a soumis cette opinion à une critique qui demande à être prise en sérieuse considération.

3. On ne peut toutefois admettre que le vers cité plus haut puisse se lire *Traist de Grece l'istoire latine* ; M. Ps. fait remarquer avec toute raison (*Études*, p. LXIV) que cette leçon fausse le vers et présente en outre une façon de parler inusitée.

4. Par un regrettable accident typographique, les variantes des vers 27-56 du Milieu se sont perdues dans la reproduction, d'ailleurs si exacte et si consciencieuse, de M. Psichari (p. 548) ; mais voy. p. 549.

droit i trouvera; Se l'i ostez, la letre sonne Amo, *la premiere personne*[1]. Nous
nous trouvons donc en présence d'un seul auteur, appelé *Aimon* (sj. *Aime* ou
Aimes), qui a longtemps voyagé en Grèce, y a appris quelques mots grecs, et
déclare en avoir rapporté un roman qu'il a mis d'abord de grec en latin puis
de latin en français. Je crois que M. Psichari a démontré qu'il n'avait pu rien
traduire du grec, puisqu'il ne savait pas cette langue ; M. Novati n'a certainement pas tenu asssez de compte de cette démonstration, et on ne comprend
pas bien ce qu'il entend quand il dit (p. 501) que « si Aymon..... parle
quelquefois d'un texte latin,..... il obéit tout simplement à cet usage tradition-
nel des trouvères et des jongleurs de vanter l'authenticité des contes qu'ils
débitaient » ; M. Psichari a fort bien répondu (*Études*, p. LXIV) que « ce
résultat eût été obtenu, et d'un coup bien plus décisif, s'il s'était simplement
réclamé d'une source grecque ». D'ailleurs, certains indices semblent attester l'existence d'un original directement latin pour *Florimont* : telles sont les
formes de noms propres comme *Macemus*, *Meneus*, *Gelfus*, *Garganeus* ; le jeu
de mots entre *Aimo* et *amo*, les allusions du poète à la *clergie* et à l'*etimologie*
prouvent en tout cas qu'il savait le latin. Je m'imagine (on a déjà pu le pres-
sentir) qu'Aimon, dans son long voyage en Orient, a rencontré, sans doute
à Philippople, un Grec sachant le français, qui lui a raconté la légende de
Philippe μάχιμος et les exploits du héros qui, à la suite d'aventures roma-
nesques, s'était caché sous le nom d'Eleneos, et qui épousa la fille de Philippe
en récompense des services qu'il lui avait rendus. Aimon rédigea ce récit en
latin, d'abord sans doute fort brièvement, comme un simple canevas ; c'est
ainsi qu'il a pu dire sans être précisément un menteur qu'il avait *trait de greu
l'estoire latine* ; il put très bien par la suite amplifier cette rédaction latine,
qu'il rapporta en France et qu'il prit pour base du poème français qu'il com-
posa en 1188 ; dans ce poème, et peut-être déjà dans la rédaction latine, il
intercala quelques bribes de grec qu'il avait gardées dans sa mémoire, notées
ou fait noter çà et là. Tout cela reste enveloppé d'une certaine obscurité
qu'il est à craindre qui ne se dissipe pas, mais ne présente pas, si je ne me
trompe, d'invraisemblance choquante.

Un mot encore sur Aimon lui-même, bien que ce point ne touche qu'indi-
rectement le travail de M. Psichari. On sait, depuis la notice de P. Paris sur
Aimon de Varennes, qu'il a écrit son poème à Châtillon d'Azergues (Rhône),
et on est surpris qu'on ait pu révoquer en doute une constatation aussi évidente. C'est cependant ce qu'a fait M. Risop dans une étude, d'ailleurs
méritoire, publiée il y a sept ans[3]. Se fiant à un manuscrit auquel il attribue
une valeur probablement excessive, M. Risop a cru constater dans le *Florimont* des traces de dialecte lorrain, et il a rejeté pour le vers où le poète

---

1. Les vers qui suivent, sur les 2ᵉ et 3ᵉ personnes, sont obscurs ; les variantes,
que m'a communiquées M. Psichari, ne paraissent pas les éclaircir.
2. J'ai supposé pour le récit byzantin qui fait le noyau de *Cligès* un mode de transmission tout à fait analogue (*Rom.*, XIII, 442).
3. *Archiv* de Herrig, t. LXXIII (1885), p. 47-72.

désigne son séjour la seule bonne leçon, *Sor Aselgue a Chasteillon*, sans
d'ailleurs lui en substituer une autre [1]. M. Novati a parfaitement réfuté ces
erreurs, et a montré avec raison, tout au rebours de M. Risop, que le poème
contenait des traces du parler lyonnais d'Aimon (quant aux rimes soi-disant
lorraines, qui seraient en tout cas postérieures à l'époque d'Aimon, elles sont
propres au ms. F). Il a en outre indiqué avec une certitude à peu près complète le vrai nom, *Juliana* [2] ou *Juliane*, de la dame pour qui Aimon avait
écrit son poème, et il a présenté sur d'autres détails quelques ingénieuses
suppositions. On peut regarder aujourd'hui comme acquis à la science
qu'Aimon de Varennes était d'une noble famille du Lyonnais (on trouve en
1268 un Aimon de Varennes qui était sans doute son descendant), qu'il avait
parcouru tout l'empire grec et séjourné à Gallipoli, qu'il avait appris à fond
le français, et que rentré dans son pays, à Châtillon d'Azergues, il écrivit en
1188 le roman de *Florimont*, dont il avait rapporté de Grèce, peut-être sous
une forme latine, au moins le fond, mais auquel il ne se fit pas faute d'ajouter
des embellissements de son crû. Grâce à la pénétrante étude philologique de
M. Psichari, on peut également affirmer, contrairement à ce qu'on avait cru
jusqu'ici, qu'il ne savait pas le grec; les quelques mots ou phrases de cette
langue qu'il s'est plu, pour émerveiller son public et bien attester l'origine
grecque du roman, à semer dans son œuvre, loin de prouver sa science,
démontrent au contraire son ignorance du grec : il les a ramassés de bric et de
broc, les a reproduits avec des fautes parfois comiques (*sirtes calo*), et n'a pas
toujours compris ce qu'ils voulaient dire (*potameu, sabato*). Il y a encore bien
des recherches curieuses à faire sur ce charmant poème; mais l'essentiel est
d'abord qu'il soit publié. M. Risop s'est depuis longtemps consacré à ce travail
méritoire et difficile; les récentes discussions auxquelles *Florimont* a donné
lieu, en ramenant l'attention sur l'œuvre d'Aimon de Varennes, ne peuvent
qu'augmenter l'impatience qu'on a de voir paraître l'édition, qu'on doit
espérer excellente, d'une des œuvres, à tous égards, les plus intéressantes du
XIIe siècle.

G. P.

1. L'explication du passage où se trouve le mot *Lionois*, que M. Risop veut rempla-
cer par *Loenois*, afin de reconnaître dans *Chasteillon* Châtillon du Temple (Aisne), ne
peut se soutenir, encore moins l'idée que les formes dialectales remarquées dans le ms. F
le localiseraient « dans la petite ville de Varennes, située à la frontière de la Champagne
actuelle, ce qui prouverait en même temps que cette ville est le berceau de notre
poète ».

2. Cette forme, comme le remarque M. Novati, indique aussi un dialecte méridional
comme étant le parler naturel de l'auteur; peut-être pourrait-on en dire autant d'*Aimo*,
qui remplace dans le passage cité plus haut la forme française *Aimes*. M. Novati cite
encore *plena d'amor*, qui, d'après une conjecture de P. Paris, paraît se trouver dans
Romanadaple, nom de l'héroïne; mais la mesure des vers où ce nom figure s'oppose à
ce qu'on le change, comme il le propose, en *Romandaple*.

MACON, PROTAT FRÈRES, IMPRIMEURS

www.ingramcontent.com/pod-product-compliance
Lightning Source LLC
Chambersburg PA
CBHW060902180626
46818CB00004B/1818